Chère Lectrice,

*En ouvrant ce livre de la Série Harmonie, vous
entrez dans le monde magique de l'aventure et de
l'amour.*
*Vous connaîtrez des moments palpitants, vous
vivrez avec l'héroïne des émotions inconnues.*
*Duo connaît bien l'amour. La Série Harmonie vous
passionnera.*

**Harmonie : des romans pour faire durer
votre plaisir,
quatre nouveautés par mois.**

90.

Les bayous de Louisiane

Série Harmonie

NORA ROBERTS

Parfums
dans la pénombre

Les livres que votre cœur attend

Titre original : *Partners* (94)
© 1985, Nora Roberts
Originally published by Silhouette Books,
division of Harlequin Enterprises Ltd,
Toronto, Canada

Traduction française de : Léa de Traives
© 1986, Éditions J'ai Lu
27, rue Cassette, 75006 Paris

Chapitre 1

Une fièvre intense régnait dans la salle de rédaction du *New Orleans Herald.* Le crépitement des machines à écrire s'intensifiait, la fumée des cigarettes alourdissait l'atmosphère, les corbeilles à papier se remplissaient de brouillons inachevés, l'agitation croissait : l'heure du « bouclage » du journal approchait.

Comme chaque jour à pareille heure, les journalistes se hâtaient de terminer leur papier. Ils étaient trop absorbés par leur tâche pour être gênés par le brouhaha qui régnait autour d'eux. Chacun s'efforçait de tirer le meilleur parti de l'événement qu'il relatait et dont il se réservait farouchement l'exclusivité. Non pas que la solidarité professionnelle fût un vain mot dans ce métier, mais la concurrence exigeait du journaliste de faire respecter son domaine particulier.

A l'instar de ses collègues, Matthew Bates s'appliquait à finir son article. Entré tout jeune dans un journal de New York, il avait gravi, un à un, les échelons de la profession. Employé d'abord comme garçon de courses, il avait ensuite tenu la rubrique des chiens écrasés, rédigé des nécrologies, décrit des expositions florales pour accéder enfin au métier de reporter.

Il possédait un flair extraordinaire pour dénicher et exploiter les sujets à sensation. Les difficiles années de préparation et d'apprentissage lui avaient permis de perfectionner sa technique et d'aiguiser son incontestable instinct.

Parvenu à la trentaine, Matthew se montrait volontiers cynique, sans pour autant perdre son humour devant les vicissitudes de la vie. Il aimait bien son prochain, mais sans illusions à son égard. Il pensait que les êtres humains se comportaient la plupart du temps en pantins ridicules. Une telle opinion lui permettait de garder sa sérénité dans un métier qui tente de disséquer l'âme et les actions des hommes et d'en exploiter les faiblesses.

Il mit le point final à son article et appela le coursier, pour qu'il le porte à l'imprimerie. Maintenant il pouvait se détendre après trois heures de labeur acharné.

Il travaillait au *New Orleans Herald* depuis un an, après avoir quitté New York sur un coup de tête : il avait besoin de changer d'environnement. Il ne savait pas au juste pourquoi, mais il sentait qu'à New York il lui manquait quelque chose. A La Nouvelle-Orléans sa vie était aussi dure et exigeante qu'avant, toutefois avec une certaine élégance en plus. Peut-être le charme raffiné du Sud ?...

Il était chargé de couvrir les affaires criminelles et aimait évoluer dans ce monde impitoyable du meurtre et du désespoir. L'assassinat qu'il venait de décrire lui paraissait affreusement

6

cruel et dénué de sens. Cependant, c'était du quotidien dans son métier et il s'appliqua à oublier la mort sordide de cette jeune fille de dix-huit ans. Il devait avant tout se montrer objectif et sans parti pris, sinon il ne lui restait plus qu'à changer de profession.

Physiquement, il n'avait rien du journaliste blasé et chevronné et il le savait. A vingt ans, il souffrait de ressembler plutôt à un joyeux sportif qu'à un reporter endurci. Maintenant il trouvait cela amusant.

Grand, mince, musclé, il se sentait générale-ment plus à l'aise en jean qu'en costume trois-pièces. Il laissait pousser assez bas sur sa nuque ses cheveux blonds et bouclés, ce qui accentuait son aspect décontracté. Parmi ses interlocuteurs, plus d'un s'était mépris sur cette apparence trompeuse et Matthew savait en profiter pour les faire parler.

Il pouvait se montrer charmant, raffiné même, s'il le désirait. Toutefois, en certaines circonstan-ces, une dangereuse flamme s'allumait dans ses yeux bleus. Parfaitement maître de lui-même, il s'abandonnait rarement à son tempérament colé-reux et dissimulait soigneusement son inflexible détermination.

Ce jour-là, son papier achevé, il se mit à contempler avec l'ombre d'un sourire la jeune femme assise en face de lui : Laura Armand.

Ce nom au parfum romantique lui seyait à merveille. Elle ressemblait à une délicate poupée à la fine silhouette et au teint d'ivoire. Son aspect fragile suscitait le désir de la protéger, de l'entou-rer délicatement. Sa longue chevelure noire retombait en ondes vaporeuses sur ses épaules et faisait ressortir le vert émeraude de ses prunelles.

Elle ressemblait irrésistiblement à une de ces belles du siècle passé qui fleurissaient, tels de superbes magnolias, dans les plantations du sud des Etats-Unis. Elle en avait d'ailleurs l'accent fluide qui escamotait légèrement les consonnes et imprimait à ses phrases un accent musical et chantant.

Matthew souriait en songeant que cette voix était aussi trompeuse que le visage. Cette charmante personne, si féminine et si frêle, avait en réalité l'ambition dévorante et l'acharnement indomptable d'un vrai reporter. De plus elle s'emportait facilement et Matthew prenait un malin plaisir à provoquer ses fureurs.

Plongée dans la rédaction de son article, Laura ne lui prêtait aucune attention. Enfin, elle termina et retira la feuille de sa machine. Alors seulement, son regard rencontra celui de l'homme qui la contemplait, un sourire sardonique aux lèvres. Instinctivement, elle se redressa, prête au combat.

— Quelque chose vous ennuie, Matthew? demanda-t-elle avec son accent traînant, d'un air légèrement excédé.

— Mais rien du tout, ma chère.

— Vous n'avez donc pas un petit meurtre ou un exploit de gangster à vous mettre sous la dent?

Le sourire de Matthew s'accentua.

— Non, pas pour le moment. Et vous, votre prêchi-prêcha est terminé pour la journée?

Elle serra les dents, retenant de justesse les

paroles blessantes qui lui venaient aux lèvres. Il se moquait constamment de la sensibilité qui imprégnait ses articles et elle s'enflammait aisément pour se défendre. Décidée cette fois à ne pas mordre à l'hameçon, Laura crispa les poings sous la table.

— Je vous laisse l'apanage du cynisme, Matthew Bates, lança-t-elle d'une voix suave que démentait l'éclat rageur de ses yeux verts. C'est votre spécialité.

— Ah vraiment ? Si on pariait pour savoir qui fera la une aujourd'hui : vous ou moi ?

Elle leva un sourcil, ce qui la rendait encore plus attirante selon Matthew.

— Je serais navrée de vous voir perdre votre argent !

— Et moi ravi de gagner le vôtre !

Toujours souriant, il se leva et vint lui glisser quelques mots à l'oreille.

— Cinq dollars, ma belle fleur de magnolia. Votre papa a beau être propriétaire de ce journal, notre rédacteur en chef connaît la différence entre un reporter et un moraliste.

Il sentit monter en elle une vague de fureur. Quelle tentation d'écraser sous les siennes ces lèvres pulpeuses et d'en goûter la colère ! Cependant ce n'était pas le bon moyen pour la réduire au silence et Matthew le savait.

— Topez là, Bates, mais pour dix dollars !

Laura se redressa, exaspérée de devoir lever la tête pour le regarder dans les yeux. Et plus exaspérée encore d'y lire l'assurance, l'ironie... et de les trouver beaux.

9

— Mais avec plaisir, ma chère. Que ne ferais-je pour vous satisfaire !

D'un geste faussement distrait, il enroula autour de son index une des longues mèches noires.

— Et pour vous prouver que même les Yankees sont capables de courtoisie, je vous invite à déjeuner avec le gain de mon pari.

Elle lui sourit et l'effleura en se penchant vers lui. Matthew se sentit parcouru par un long frisson.

— Vous pouvez toujours courir, lui susurra-t-elle.

Elle s'éloigna d'un pas ferme. Matthew enfonça les mains dans ses poches et éclata de rire. Dans le vacarme de la salle de rédaction, personne ne l'entendit.

Au diable ce Matthew Bates ! songeait Laura en se frayant un chemin dans la circulation dense de cette fin d'après-midi.

Matthew travaillait au *Herald* grâce à Karl, le frère de Laura, qu'il avait connu à l'université. La jeune femme le trouvait odieux. Elle était obligée, pourtant, de reconnaître qu'il était le meilleur reporter de l'équipe. Il possédait le flair et l'instinct du chien de chasse et le goût du travail bien fait. Mais il ne lui plaisait pas pour autant. Elle aurait aimé lui faire avaler les dix dollars du pari ! N'importe quoi pour le faire taire.

Depuis un an qu'ils se côtoyaient dans la salle de rédaction, il n'avait jamais eu envers elle la même attitude que les autres hommes. Elle ne lisait dans son regard ni déférence ni admiration.

Il la traitait comme n'importe quel collègue, avec une pointe d'ironie en plus. Une telle désinvolture à son égard agaçait prodigieusement Laura.

Il ne lui avait jamais proposé de sortir avec elle. Elle n'y tenait pas, mais elle aurait tellement aimé lui refuser une invitation ! Comble d'ironie : il avait loué un appartement mitoyen du sien dans le même immeuble, et jamais il n'avait saisi le moindre prétexte pour venir frapper chez elle. Quel plaisir cela aurait été de lui claquer la porte au nez !

Penser à lui la faisait grincer des dents ! Il pratiquait avec raffinement l'art de se rendre insupportable. Il se permettait des petites remarques ironiques sur ses amis du moment ; par exemple sur Jerry Cartier, un conseiller municipal ultra-conservateur, un peu borné. Laura sortait avec lui par pure bonté. Et puis, de temps à autre, il pouvait lui communiquer un renseignement utile. Mais Matthew Bates ne cessait de le critiquer.

Laura soupira : la vie serait vraiment plus simple si ce Bates était resté dans son journal de New York ! Et... s'il n'était pas aussi séduisant !

Elle sortit de la ville, pour se rendre chez son père où elle passerait la soirée. Le soleil baissait, mais le ciel gardait une grande luminosité. Les cyprès bruissaient de chants d'oiseaux et d'insectes. Plus loin montaient les bruits mystérieux des marais. Elle avait toujours eu peur de ces zones humides qu'elle pensait peuplées d'ombres menaçantes et de secrets dangers. L'atmosphère mystérieuse et maléfique qui en émanait ajoutait à leur beauté et attirait Laura malgré elle.

En approchant de la maison familiale, la jeune femme éprouva, comme à chaque fois, un mélange d'orgueil et de sérénité. L'allée qui menait à la vieille demeure était bordée de cèdres épais qui la transformaient en un havre de fraîcheur. Quelques rayons de soleil filtraient à travers les branches et créaient sur le sol des flaques de lumière. La mousse espagnole ondulait de-ci de-là au gré de la brise et parait les arbres de cette grâce éternelle si particulière au sud des Etats-Unis. Dès que Laura apercevait les murs de La Charmellière, elle en goûtait à l'avance le repos.

Quand elle freina devant le perron, elle contempla une fois de plus la maison bien-aimée. Deux étages de murs de briques peintes en blanc se nichaient au milieu d'une profusion d'azalées, de camélias et de magnolias. Les couleurs délicates et les parfums exotiques évoquaient l'indolence de l'avant-guerre.

Les vingt-huit colonnes à chapiteau dorique du porche soulignaient sans ostentation la dignité de l'édifice. Le lierre courait sur toute la façade. Les grandes portes-fenêtres des chambres s'ouvraient sur un balcon en fer forgé aux délicates volutes. L'ensemble évoquait la pérennité, la sécurité et la grâce. Laura comparait cette maison à une femme qui aurait gagné au long des années en personnalité et en noblesse. Elle vouait à ces murs qui avaient abrité son enfance et son adolescence la même tendresse qu'à un être de chair et de sang.

Elle monta en courant les marches du perron et entra dans un grand vestibule qui traversait le rez-de-chaussée jusqu'à la porte de derrière. L'air y fleurait bon la cire, le citron et le parfum des camélias qui s'épanouissaient dans un vase, sur un meuble. Laura se dit que ce devait déjà être pareil au temps de ses ancêtres. En passant devant un miroir, elle écarta les mèches qui lui barraient le front et ouvrit la porte du grand salon.

— Bonjour, papa! s'écria-t-elle en effleurant d'un baiser la joue râpeuse de son père.

William Armand était grand, mince et beau. Un peu de gris argentait aux tempes sa chevelure noire. Il dirigeait son journal avec verve et ténacité, tout en goûtant une certaine douceur dans sa vie privée. Laura reconnut son odeur familière de whisky et de tabac. D'un geste coutumier il lui ébouriffa les cheveux.

— Bonjour, ma princesse. J'ai apprécié ton papier sur le maire.

Il fut surpris de lire une légère irritation dans les yeux de sa fille.

— Merci!

Elle eut un sourire si spontané que William pensa avoir mal vu. Promptement, elle se tourna vers une vieille dame installée dans un fauteuil tapissé de velours bleu roi.

Sous la chevelure de neige, un maquillage outrancier dissimulait plis et rides. Mais Olivia Armand n'en éprouvait aucune gêne : ce sentiment lui était d'ailleurs inconnu. Le regard aigu de ses prunelles, aussi vertes que les émeraudes de ses boucles d'oreilles, se posa sur Laura.

— Grand-mère, soupira la jeune femme en se

penchant pour l'embrasser, tu ne te décideras donc jamais à vieillir ?

— Certes non, si cela dépend de moi ! s'exclama-t-elle d'une voix un peu éraillée par l'âge, mais encore étonnamment suave.

Elle prit la main de Laura entre ses doigts osseux.

— Tu me ressembles bien en cela. Bon sang créole ne saurait mentir.

Puis elle se tourna vers son fils.

— William, prépare un apéritif pour la petite et remplis mon verre.

Sans transition, Olivia Armand s'écria :

— Allons, Laura, parle-nous un peu de ta vie amoureuse.

Souriante, Laura se laissa choir sur un coussin aux pieds de sa grand-mère.

— Elle est moins passionnante que la tienne !

Olivia vida d'un trait son verre de bourbon.

— Quelle sottise ! Dans le monde actuel, il y a trop de business et pas assez de romanesque. Tu perds ton temps avec ce mollusque de Cartier. Il n'a pas assez de sang dans les veines pour chauffer le lit d'une femme.

Laura leva les yeux au ciel.

— Heureusement ! Je ne voudrais surtout pas le voir dans le mien !

— Il est grand temps que tu y mettes quelqu'un, si tu veux mon avis.

William faillit s'étrangler avec une gorgée de whisky et Laura leva un sourcil.

— Tout le monde n'exprime pas sa pensée de façon aussi... crue que toi, protesta-t-elle.

14

Olivia éclata de rire et donna une grande claque sur l'accoudoir de son fauteuil.

— Les gens sont des hypocrites, voilà tout !

William tenta une diversion :

— Karl ne va pas tarder à arriver. Il vient avec un de ses amis.

— Je préférerais une amie, constata Olivia. Mais il est toujours plongé dans ses livres. Comment voulez-vous que j'aie des petits-enfants avec deux phénomènes comme vous ?

— Je ne me sens pas prête pour le mariage.

— Et qui te parle de mariage ? riposta la vieille dame.

Entendant du bruit dans le vestibule, Laura sortit pour accueillir son frère. Mais son sourire se figea en voyant l'homme qui accompagnait Karl.

— Ah ? C'est vous... murmura-t-elle, déçue.

Matthew lui effleura la main de ses lèvres et rétorqua, sardonique :

— Voilà bien la fameuse hospitalité du Sud...

Mon Dieu, se dit-il, comme elle est belle ! Quel tempérament ardent et passionné doit se dissimuler sous cette fragile enveloppe d'ivoire et de rose... Un jour, Laura ma merveille, nous libérerons ce feu qui couve sous la cendre, se promit-il. Mais à ma façon...

Laura retira vivement sa main de celle de Matthew et se tourna vers son frère. Il avait la même silhouette anguleuse et aristocratique que leur père, mais des yeux de rêveur.

— Comment vas-tu ?

— Bien. Beaucoup de travail, marmonna-t-il d'un air absent.

Tout en parlant à Karl, Laura ne pouvait s'empêcher de le comparer à Matthew. Son jeune frère lui semblait si timide, presque effacé à côté de cet homme dont elle sentait le regard peser sur elle. Il y eut un instant de silence contraint que Karl ne remarqua même pas puis tous trois pénétrèrent dans le salon.

Matthew était déjà venu quelques fois chez les Armand et il appréciait le raffinement discret de cet intérieur. Quel contraste avec le minable logement où il vivait avec ses parents ! Quand il entrait dans la chaleureuse demeure de la famille Armand, les souvenirs de son enfance misérable, des repas insuffisants, des chaussures trop petites, lui revenaient en foule. Il se rappelait aussi l'ambition qui le dévorait et l'avait mené à force de travail et de persévérance au sommet de son métier.

— Tiens, s'exclama Olivia, tu as amené le Yankee !

Ses yeux brillaient ; elle était décidée à s'amuser.

— Madame Olivia, dit Matthew en s'inclinant sur la main qu'elle lui tendait, vous êtes plus belle que jamais.

— Canaille ! protesta-t-elle sans pouvoir dissimuler son plaisir. Voilà des semaines que vous n'êtes pas venu me rendre visite !

— C'est le désespoir qui me tient à l'écart. Pourquoi refusez-vous de m'épouser ?...

Laura réprima son envie de rire tandis que la vieille dame était prise d'un accès d'hilarité.

— Il y a trente ans, j'aurais pu y songer même avec un Yankee !

16

Désinvolte, Matt s'installa sur le bras du fauteuil. Laura l'observait, furieuse : ma parole, il se prend pour un membre de la famille !

— Enfin c'est trop tard à présent. Mais dis-moi Laura, pourquoi n'as-tu pas choisi ce coquin comme petit ami ? Voilà un homme qui ne laisse pas une femme insensible !

Le feu aux joues, Laura se détourna pour ne pas voir le sourire narquois de Matt.

— Eh bien, reprit l'aïeule, les femmes savent encore rougir ! Et moi je fais de même, après avoir eu un mari et trois amants... Elle est jolie ma petite-fille, n'est-ce pas, Matt ?

— Ravissante, acquiesça-t-il avec enthousiasme.

Visiblement, il savourait l'embarras dans lequel cette conversation mettait la jeune femme.

— Elle est capable d'enfanter de beaux garçons.

Conscient de la fureur de sa fille, William se hâta de s'interposer.

— Veux-tu encore un peu de whisky, maman ?

— Bonne idée.

Elle lui tendit son verre vide.

— Matt, dit-elle, vous devriez aller voir comme le jardin est beau en cette saison. Laura, emmène ce Yankee et montre-lui à quoi ressemble un vrai jardin.

Le coup d'œil que Laura lança à sa grand-mère en disait long sur ce qu'elle pensait. Mais Matt ne lui laissa pas le temps de refuser.

— J'en serai ravi.

Ne voulant pas enfreindre les lois de l'hospitalité, Laura se leva. De mauvaise grâce. Elle attendit d'être dehors pour lui lancer :

— Ça vous fait vraiment plaisir de m'exaspérer, n'est-ce pas ?

— Mais oui ! La colère vous embellit encore ! Elle réprima un sourire.

— Bon, dit-elle sèchement, voici le jardin. En fait vous n'avez pas plus envie de le voir que moi de vous le montrer.

— Erreur...

Il lui prit la main mais elle se dégagea d'un geste brusque.

— Je vous en prie, cessez vos familiarités !

— Allons, faites un geste pour Olivia. Parlez-moi de ces fleurs, sinon, elle trouvera un autre moyen de nous rapprocher !

Laura, étonnée de la perspicacité de Matthew, se résigna à son triste sort.

Le couchant embrasait de pourpre l'horizon et le jardin embaumait. Pourquoi ne prenait-elle pas plus souvent le temps de s'y promener le soir ? On se croyait au paradis. Ils s'engagèrent sous une tonnelle où la glycine pendait en grappes parfumées. Les oiseaux diurnes se taisaient les uns après les autres. Ceux de la nuit attendaient qu'il fît noir.

— C'est le moment que je préfère, murmura Laura. Il me semble que je vois les belles d'avant-guerre évoluer avec leurs robes à crinoline dans les allées éclairées par des lampions, aux accents d'un orchestre.

Matt sentait affleurer en elle une trace de romanesque qu'elle s'appliquait habituellement à dissimuler. La poésie de cette heure crépuscu-

18

laire lui avait fait oublier sa réserve. Quelles autres faiblesses cachait-elle sous ses dehors impérieux ?

— Quand j'étais petite, reprit-elle rêveusement, il m'arrivait de me glisser dehors, le soir, pour un rendez-vous imaginaire. Mon soupirant était parfois brun et terriblement séduisant, ou blond et très élancé, mais toujours dangereux et inaccessible pour moi. Le genre d'homme qu'un père conscient de son devoir aurait refusé à sa fille.

Elle rit et caressa d'un air absent les pétales charnus d'un camélia blanc.

— D'ailleurs, je me demande pourquoi je fabriquais de telles histoires alors que mon père me savait bien trop ambitieuse et réaliste pour m'amouracher d'un...

Laura s'interrompit en sentant Matt tout proche d'elle. Son odeur la troublait étrangement. Elle percevait son souffle sur sa peau nue. Une brume légère voilait les splendeurs pourpres du couchant. A cette heure irréelle, l'homme qui se trouvait à ses côtés ne ressemblait-il pas aux personnages nés dans son imagination d'antan ?

Les doigts de Matt s'appuyèrent légèrement sur son poignet, à l'endroit où le sang battait dans les veines.

— Finissez votre phrase, lui intima-t-il d'un ton bref. Un...

— Une canaille, acheva Laura au bout d'un instant.

Ils parlaient à mi-voix comme pour échanger des secrets. Le soleil bascula à l'horizon. Les ombres s'allongèrent.

Elle eut un regard pensif vers ce visage angu-
leux si proche du sien. Il portait l'expression d'un
homme qui ne s'en laissait pas imposer. Une
sorte de réserve voilait son regard et dissimulait
ses pensées. C'est ainsi qu'il parvenait à obtenir
des renseignements sans avoir l'air d'en demander. Et sa bouche... Pourquoi n'avait-elle jamais
remarqué le dessin si sensuel des lèvres ? Ou
peut-être n'avait-elle pas voulu se l'avouer ? Il
savait sûrement embrasser avec une douceur
ferme, virile. Si elle s'appuyait juste un peu
contre lui...

Elle se ressaisit brusquement. Qu'allait-elle
donc inventer là ? Encore une fois, elle lui arra-
cha sa main. Si jamais il apprenait qu'elle avait
failli sombrer dans le ridicule, il se moquerait
d'elle pendant des mois.

— Il faut rentrer, déclara-t-elle d'un ton indifférent. Il est presque l'heure du dîner.

Matt avait furieusement envie de l'attirer dans
ses bras et de lui donner le baiser qu'elle attendait probablement. Mais il savait qu'il s'exposait
à perdre ainsi le bénéfice des minces progrès
réalisés récemment. Il la désirait depuis longtemps — si longtemps ! — et il était assez subtil
pour savoir que des avances trop brutales l'auraient aussitôt rebutée.

La patience, il ne l'ignorait pas, représentait
l'atout majeur du succès. Toutefois, elle méritait
bien une petite pique pour le venger des affres où
le plongeait son désir frustré.

— Déjà ? protesta-t-il d'un air innocent. Si
Olivia vous avait envoyée ici avec Cartier, vous
auriez sans doute prolongé la visite du jardin.

— Olivia n'aurait jamais fait cela ! répliqua Laura trop vite, sans réfléchir. Et puis ne recommencez pas à m'agacer avec Jerry.

— Mais je ne disais rien de mal, ma chère !

— Jerry est très gentil et bien élevé. Parfaitement agréable.

— Agréable ! J'espère bien ne jamais mériter pareil adjectif.

— Certes non, vous, vous êtes insupportable, gronda Laura d'une voix étranglée par la colère.

— Tant mieux. Je ne tiens pas à lui ressembler.

Il avança la main pour lui caresser les cheveux, mais elle fit un pas en arrière... et se trouva adossée contre le grillage, comme prise au piège.

Aussi prompt qu'elle, il s'approcha tout près.

— Alors, vous me fuyez ? Que craignez-vous ? Me trouveriez-vous dangereux ?

Elle s'en voulait d'éprouver une telle émotion. Son cœur battait aussi fort qu'après une longue course.

Il la contemplait avec son éternel sourire ironique et se disait que, cette fois, peut-être, ce n'était pas la colère qui la faisait haleter.

Elle rassembla ses esprits, décidée à ignorer cette brusque chaleur qui envahissait son corps. Se redressant, le menton levé dans un geste de défi, elle lui lança :

— Je n'ai pas à vous fuir. Supporter votre présence quotidienne au journal est déjà une rude épreuve, mais ce serait le comble si je permettais que vous m'importuniez chez moi. Je rentre...

Sa voix devint aiguë quand elle termina sa phrase :

— ... parce que j'ai faim !

Elle l'écarta brutalement et se précipita vers la maison. Matt ne bougeait pas ; il la regardait s'éloigner. Cette silhouette mince à la longue chevelure flottante, cette grâce dans le mouvement... Quelle femme ! La séduire devait être une expérience incomparable. Il était décidé à y parvenir. Sans tarder.

Chapitre 2

Laura était revenue dormir en ville, chez elle, et le lendemain matin, elle décida de se rendre au journal à pied. Elle n'était pas remise de sa contrariété de la veille et rester une demi-heure dehors à coudoyer les passants, à s'arrêter devant les magasins, l'aiderait à se calmer. Elle aimait sa ville natale autant que la propriété familiale. Depuis sa plus tendre enfance, elle s'était toujours sentie à l'aise en passant de l'une à l'autre.

Mais ce jour-là, même la foule ne parvenait pas à la distraire. Les mains enfoncées dans les poches, elle revivait la scène du jardin au crépuscule et se posait des questions. Où voulait en venir cet homme qui semblait ne rien laisser au hasard? Pendant une année, il n'avait pas esquissé le moindre geste vers elle, même pour la frôler. Et voilà que, hier soir... Le souvenir de ses mains qui l'avaient effleurée la faisait encore frémir.

Sans doute avait-elle cédé à un moment de faiblesse passagère qu'il avait su exploiter. L'atmosphère romantique du jardin baigné par les rayons du couchant avait probablement contribué à son trouble. Elle se reprocha sa trop grande sensibilité. A l'avenir, elle ne devrait plus se laisser aller aussi facilement. Par bonheur, elle avait pu se ressaisir avant de se montrer complètement ridicule.

Pour se justifier, Laura se dit que sa grand-mère avait une part de responsabilité dans ce qui s'était passé hier soir. Quelle idée d'affirmer à Matthew Bates qu'il était justement l'homme rêvé pour épouser sa petite-fille !

Le regard de Laura se durcit quand elle se rappela l'air enchanté de cet homme ainsi flatté par Olivia. On aurait dit un chat qui lapait du lait !

Tout en se frayant un chemin dans la foule, Laura mit fin à ses réflexions. A quoi bon gâcher une belle journée pour de pareilles élucubrations ?

Au moment où elle attendait que le feu devienne vert pour traverser la rue, une voix bien connue résonna à ses oreilles :

— Bonjour, Laura !

La surprise faillit la faire trébucher. N'y avait-il donc pas un seul endroit de La Nouvelle-Orléans où elle put échapper à ce personnage encombrant ? Elle ne lui octroya qu'un regard glacé.

— Votre voiture est en panne ? Ou vous voulez profiter du beau temps pour marcher un peu ?

D'un geste tout naturel, il la prit par le bras pour l'aider à traverser. Il n'allait certes pas lui avouer qu'il l'avait vue partir à pied et s'était empressé de la suivre.

Laura se dégagea dès qu'ils furent sur le trottoir opposé. Impossible de lui faire une scène dans la rue : il fallait le supporter jusqu'au bureau. A la vue de son éternel sourire ironique, elle eut envie de le frapper avec son sac à main.

— Eh bien, Matthew, on s'est bien amusé, hier soir ?

— Vous savez, je trouve votre grand-mère merveilleuse.

Elle fut étonnée par la sincérité de son ton et y décela même une pointe de tendresse.

— Vous l'encouragez à dire n'importe quoi, constata Laura en haussant les épaules. Quelle idée de jouer les entremetteuses de la sorte ! Faire de vous mon...

— Amant ? Non, je crois qu'Olivia envisageait des relations plus stables. Elle mettait même le domaine dans la balance.

Stupéfaite, Laura le regarda sans comprendre. Et toujours ce sourire exaspérant !

— Vous devriez vous assurer qu'elle y ajoute une somme rondelette, lança-t-elle d'un ton méprisant. Si vous saviez ce que cela coûte à entretenir !

— J'avoue que c'est tentant. Le domaine... cela vaut la peine d'y réfléchir !

Le regard qu'elle lui lança le surprit. Elle ne s'était jamais montrée aussi coquette avec lui. Il la trouva irrésistible.

— Matthew, laissa tomber Laura en exagérant son accent traînant, vous me donnez envie de laisser une chance à Jerry.

L'estomac noué, envahi par un désir irrépressible, il songea : en ce cas, il faudra que je m'arrange pour le tuer ! Il se contenta de murmurer :

— Olivia vous déshériterait.

Laura éclata de rire et, sans y penser, passa son bras sous celui de Matt.

— Ah, les choix auxquels une femme se trouve confrontée ! Mon héritage ou mes préférences sentimentales ! Dommage pour vous — et pour moi — que vous ne soyez pas mon type d'homme !

Ils arrivaient devant la porte du journal et Matt devança Laura pour l'ouvrir.

— Eh bien ! ma chère, il faudra que je m'arrange pour vous faire changer d'avis.

Elle arbora un air très étonné, mais elle ne se sentait plus aussi sûre d'elle-même que tout à l'heure. Néanmoins, elle affirma :

— Ne vous fatiguez pas. C'est perdu d'avance.

Elle le planta là, tandis qu'il la regardait s'éloigner et admirait la grâce de sa démarche. Sa dernière phrase résonnait comme une provocation dans sa mémoire. Il avait toujours aimé relever les défis. Loin de le décourager, elle avait réussi à le conforter dans sa décision. Toujours souriant, il traversa le hall où régnait une animation intense et se dirigea vers les ascenseurs.

Laura consacra la matinée à interviewer un directeur d'entreprise de travaux publics. Le sujet n'avait rien de passionnant, mais le travail passait avant tout. L'après-midi lui apporterait peut-être un morceau de choix.

La salle de rédaction était à moitié vide, la plupart des reporters étant encore sur le terrain. Laura s'acheta un sandwich pour déjeuner et retourna à son bureau. Plongée dans ses réflexions, elle heurta par mégarde une jeune femme qui la croisait dans le couloir. Celle-ci trébucha, son sac s'ouvrit et se vida.

— Oh, excusez-moi !

Elle s'agenouilla pour ramasser les objets répandus sur le sol.

— Il n'y a pas de quoi.

Une main très menue se tendit vers une enveloppe jaune. Cette main tremblait tellement que Laura leva la tête pour regarder à qui elle avait affaire.

C'était une jolie blonde aux yeux rougis par les larmes, aux lèvres frémissantes.

— Je vous ai fait mal ? s'inquiéta Laura.

Elle lui saisit les mains instinctivement. Elle ne pouvait jamais résister à la détresse, que ce fût celle d'une personne ou d'un animal.

La jeune femme se contentait de hocher la tête. Incapable de parler, elle sanglotait maintenant. Laura oublia son travail urgent, les impératifs de la salle de rédaction, son bloc couvert de notes et entraîna l'inconnue dans le petit bureau vitré du rédacteur en chef.

— Asseyez-vous, dit-elle en poussant la jeune femme éplorée dans un fauteuil de cuir. Je vais vous chercher un verre d'eau.

Elle revint au bout d'un instant et la trouva un peu calmée, mais toujours très pâle et l'air égaré. Il fallait la laisser reprendre ses esprits sans la brusquer. Laura s'assit et la regarda boire. Pourquoi avait-elle l'air si profondément désespérée ? Décidée à la laisser parler la première, Laura s'imposa le silence.

— Ça ne m'arrive pas souvent, finit par dire

l'inconnue pour s'excuser. Je m'appelle Susan Fisher.

— Et moi Laura Armand. En quoi pourrais-je vous aider, Susan ?

Celle-ci regardait sans les voir les morceaux de la timbale en carton qu'elle venait de déchirer machinalement. Elle serra les paupières pour empêcher les larmes de couler à nouveau sur ses joues.

— Je ne sais pas pourquoi je suis venue ici, murmura-t-elle d'une voix entrecoupée de sanglots. Je ne voyais pas d'autre moyen... La police...

L'instinct du reporter s'éveilla aussitôt dans l'esprit de Laura, sans pour autant étouffer son besoin, toujours très vif, de protéger et aider autrui. Elle posa une main sur l'épaule de Susan.

— Je travaille pour ce journal ; vous pouvez me parler sans crainte.

Susan leva sur elle un regard troublé. Elle ne savait plus à qui accorder sa confiance. Son interlocutrice paraissait pleine d'assurance. Elle n'avait jamais dû éprouver un bouleversement semblable au sien dans sa vie. Pourquoi écouter, sinon croire, une malheureuse comme elle ?

Le regard bleu clair, si vulnérable de Susan évoquait celui de Matt. Il était pourtant bien différent, cet homme qu'elle croyait insensible. Elle prit la main de Susan.

— Je vous aiderai, si c'est en mon pouvoir.

— Ma sœur...

Elle buta sur les mots, avala sa salive et fit un effort pour continuer :

— Ma sœur Anne a rencontré Louis Trulane l'année dernière.

Louis ! Les doigts de Laura se crispèrent sur ceux de Susan. Des souvenirs à la fois tendres et mélancoliques, des rêves d'adolescente, surgirent avec ce prénom. Elle se contraignit à desserrer son étreinte.

— Continuez, murmura-t-elle.

— Ils ne se connaissaient que depuis un mois quand ils se sont mariés. Anne était très amoureuse. A l'époque, nous partagions un appartement et elle ne pouvait plus aborder un autre sujet que Louis. Elle était émerveillée à l'idée de vivre dans le domaine de rêve qu'il possédait : Les Grands Chênes. Vous le connaissez ?

Laura se contenta d'acquiescer d'un signe de tête.

— Une fois installée, elle m'a envoyé des photos. Je ne pouvais pas imaginer ma petite sœur vivant dans une si belle maison, en maîtresse des lieux. Dans ses lettres, elle me la décrivait longuement. Et elle me parlait de Louis, toujours de Louis.

Elle dut s'interrompre quand sa voix s'étrangla.

— Ils étaient très heureux et espéraient avoir des enfants. J'avais enfin obtenu un congé et je me disposais à leur rendre visite, quand j'ai reçu la lettre de Louis.

Laura ne la laissa pas poursuivre.

— Susan, je suis au courant.

— Elle était morte, continua pourtant Susan. Ma petite sœur était morte. Louis expliquait qu'elle s'était égarée, la nuit, dans les marécages autour de la propriété. Mordue par un crotale, on ne l'avait retrouvée qu'au matin. Trop tard.

Susan serra les lèvres. Il ne servait à rien de pleurer. Elle ne put s'empêcher de murmurer :

— Anne n'avait que vingt et un ans ! Elle était si charmante !

— Oh, Susan, comme vous devez souffrir ! C'est un terrible accident.

— Un meurtre, corrigea Susan d'une voix sans timbre. C'est un meurtre.

Stupéfaite, Laura la regarda fixement. Elle ne songeait plus à consoler : son intérêt professionnel s'éveillait.

— Vous avez des preuves ?

Susan se leva et se dirigea vers la fenêtre. Cette jeune journaliste à l'air si compatissant pourrait peut-être lui apporter de l'aide.

— Je vais vous répéter ce que j'ai dit à Louis et à la police. Anne et moi étions très liées. Elle était d'une nature douce et sensible, je connaissais ses réactions. En fait, je savais tout d'elle. Or, il se trouve qu'Anne a toujours eu peur du noir, c'était une véritable phobie chez elle. Vous comprenez ?

— Oh, oui ! dit Laura qui éprouvait la même chose.

— Dans ses lettres, Anne m'avait parlé de la peur que lui inspiraient ces marécages trop proches de la maison. Elle les évitait, même de jour. Elle refusait d'aller de ce côté, fût-ce avec Louis.

Elle se tourna brusquement vers Laura et s'écria avec un regard suppliant :

— Il faut que vous compreniez : elle adorait Louis. Mais il n'avait pu la guérir de cette obsession. Anne s'imaginait que les marais étaient hantés. Elle affirmait y voir danser des lueurs, la nuit. Je suis absolument certaine qu'elle ne serait jamais allée seule dans cet endroit, à une heure si tardive.

Laura réfléchit un moment, tentant d'ordonner l'enchevêtrement des faits.

— C'est pourtant là qu'on a trouvé votre sœur, fit-elle remarquer.

— Quelqu'un l'y a emmenée, affirma Susan.

Médusée, Laura observait la transformation qui s'opérait depuis quelques instants chez cette femme. Son air pitoyable, son regard égaré avaient laissé place à une expression résolue, énergique.

Laura comprenait d'autant mieux la démarche de cette grande sœur éplorée que la mort de la jeune Anne Trulane laissait beaucoup de gens perplexes. On connaissait son aversion pour le marécage, endroit dangereux pour qui ne connaissait pas les sentiers de terre ferme qui permettaient d'éviter l'enlisement. Et puis il y avait les insectes et les reptiles de toute sorte, au venin parfois mortel.

Elle se rappela que Louis Trulane ne s'était guère montré coopératif après la tragédie, refusant à la presse interviews et commentaires.

Laura se rappela le visage de Louis, puis elle rencontra le regard de Susan. Lequel des deux fallait-il épargner ? Mais sa curiosité professionnelle l'emporta.

— Pourquoi êtes-vous venue au journal, Susan ?

— Je suis allée voir Louis hier soir, dès mon

arrivée, mais il a refusé de m'écouter. Alors je me suis adressée à la police.

Elle leva les mains dans un geste d'impuissance.

— Le dossier est classé. Instinctivement, et en dernier recours, j'ai pensé au journal. Il faudrait peut-être que j'engage un détective privé. Mais je n'en ai pas les moyens... Je sais que les Trulane sont des gens influents dans la région. Cependant, il doit bien y avoir un moyen de découvrir la vérité. Ma sœur a été assassinée.

De nouveau sa voix se brisa. Laura comprit qu'elle était moins forte qu'elle ne voulait le paraître.

— Susan, dit-elle, si je me charge de l'enquête, aurez-vous confiance en moi ?

— Je ne connais personne d'autre, alors... oui !

— Bien. Cela demande une certaine organisation. Vous allez m'attendre dans le hall et nous irons ensuite nous restaurer et mettre les choses au point.

— Je vous remercie.

— Ne me remerciez pas encore. Tout reste à faire.

Susan sortit de la petite pièce et Laura resta pensive : elle allait au-devant de sérieuses difficultés ! Mais ne flairait-elle pas un scoop sensationnel ?

Le rédacteur en chef traversait la salle de rédaction à grands pas. Il pénétra dans son bureau, l'air agacé.

— Alors on fait de l'occupation forcée ? Sans doute pour recueillir encore des jérémiades sentimentales.

Laura connaissait bien Ronald Ballinger et ne le craignait guère. Sûre de son effet, elle ne s'embarrassa pas d'excuses.

— La personne que j'ai reçue est Susan Fisher, la sœur d'Anne Trulane.

— Trulane ? répéta-t-il, interloqué. Que voulait-elle ?

— Prouver que sa sœur a été assassinée.

Ballinger eut un rire bref où perçait la dérision.

— Une morsure de crotale, une nuit dans les marais : cela ne fait guère penser à un crime.

— D'après Susan, Anne avait une peur panique du noir et encore plus des marais. Elle en parlait à sa sœur dans ses lettres, et déclarait qu'elle n'irait jamais de ce côté-ci de la propriété.

— Eh bien, elle a changé d'avis, c'est tout.

— Ou quelqu'un l'a influencée.

— Laura !

— Ronald, laissez-moi faire quelques recherches. Cela ne tire pas à conséquence. S'il n'en sort aucune révélation, on aura toujours le côté humain de l'histoire.

Ronald alluma une cigarette.

— Trulane sera furieux.

— Je sais comment parler à Louis, affirma Laura avec une feinte assurance. Il y a anguille sous roche, Ronald. On n'a jamais su pourquoi Anne Trulane était sortie seule, dans l'obscurité. Et elle était en robe de chambre !

Tous deux connaissaient la rumeur publique : Anne aurait eu un rendez-vous avec un mystérieux amant. Elle aurait voulu fuir Louis qui la séquestrait. Décidément, les Trulane représentaient une mine de faits divers.

— Bon, accepta Ballinger, voyez ce que vous pouvez en tirer. Les gens n'ont pas fini d'en parler.

Laura n'eut pas le temps de se réjouir ; ses traits se figèrent quand il ajouta :

— Faites équipe avec Bates ; c'est lui qui a couvert l'événement.

— Mais je n'ai pas besoin de lui ! protesta Laura. C'est mon sujet, mon papier.

— C'est lui qui a commencé et il n'y a pas d'article tant qu'on n'a rien trouvé.

— Je ne veux pas de Bates ! Il est insupportable. Et je ne suis pas une stagiaire !

— D'accord, mais c'est lui qui a réuni les premières informations. Personne ne doit tirer la couverture à soi dans ce journal, Laura. C'est dit : vous ferez équipe. D'ailleurs, je l'appelle tout de suite.

— C'est moi qui connais la famille Trulane, persista Laura. Il ne sera pas une aide, mais une gêne.

— Vous avez quelque chose de personnel contre lui ? s'enquit Ballinger.

Laura ne répondit rien et, réprimant son envie de hurler la vérité, elle sortit dignement.

Quand Bates quitta le bureau de Ballinger, il arborait un large sourire.

— Laura, fit-il en passant près de leur bureau commun, n'ayez pas l'air si déçue. Vous allez peut-être apprendre des tas de choses.

— Je n'ai rien à apprendre de vous.

Elle se leva et se dirigea vers l'ascenseur. Il la suivit en murmurant :

— Cela reste à voir...

Ils se retrouvèrent seuls dans la cabine.

— Je vous préviens, Bates, lança-t-elle en se retournant brusquement, vous n'avez pas affaire à une stagiaire mais à une associée. Ballinger a insisté parce que c'est vous qui avez fait le premier papier sur l'affaire. Vous pourriez nous faciliter la tâche à tous les deux en me communiquant vos notes. Je dois retrouver Susan Fisher tout à l'heure, pour déjeuner avec elle.

Matt répondit d'une voix suave :

— Mes notes ? Vous n'y songez pas !

— Bien, je m'en passerai. C'est mon enquête.

— Ma chère Laura, ignorez-vous que le partage est le premier devoir du chrétien ?

— Allez au diable !

Rapide comme l'éclair, Matt appuya sur un bouton et arrêta la cabine entre deux étages. Il coinça Laura contre la paroi et murmura entre ses dents serrées :

— Ne me poussez pas à bout si vous ne voulez pas d'ennuis.

Laura ne reconnaissait pas ce visage. Envolé le sourire ! Une lueur glacée dansait dans ses yeux. Il était effrayant. Et fascinant. Elle n'aurait pas cru qu'il fût capable de s'affirmer ainsi. Un frisson lui parcourut l'échine.

Matt lut la peur sur ses traits. Mais elle n'eut pas un geste d'affolement. Il comprit qu'il devrait en rester là. Mais il n'en pouvait plus d'attendre.

— Je crois que le moment est venu de vous faire une douce violence...

Tandis qu'il inclinait la tête vers ses lèvres, il vit ses prunelles s'agrandir d'étonnement.

Cependant, elle n'essayait pas de fuir. Elle se demandait ce qui la paralysait ainsi. Son corps refusait d'obéir aux ordres de son cerveau. Elle sentait le souffle de Matt sur son visage et voyait ses yeux de très près. Ses très beaux yeux... Il fleurait bon le savon, une odeur propre et nette qui ne s'embarrassait d'aucune eau de toilette.

Dans un effort suprême, Laura réussit à bredouiller :

— Je vous interdis...

Mais le reste de sa phrase disparut sous les lèvres de Matt. Les siennes s'entrouvrirent pour accueillir son baiser. Mais ce ne fut qu'un effleurement léger comme une aile de papillon. Cependant, le corps de Matt s'appuyait contre celui de la jeune femme. Il était musclé, vigoureux, pressant.

Soudain, elle sentit le contact de sa langue qui frôlait ses lèvres, s'insinuait entre elles. Elle faillit en perdre le souffle et poussa un profond soupir.

Matt fut décontenancé par cette reddition inattendue. Il aurait mieux compris qu'elle se débatte et tente de le mordre, ou de le griffer. Emporté d'abord par une sensation de puissance, il éprouva ensuite une sorte de souffrance tant son désir pour elle était aigu.

Comme il avait envie de la caresser, de sentir au creux de ses paumes les courbes enchanteresses de ce corps si proche ! Depuis des mois il contemplait cette peau satinée couleur de camélia et la tentation le rendait fou.

Et voilà que, maintenant, il sentait monter en elle un élan qu'elle tentait en vain de réprimer. Il aurait pu en profiter sur-le-champ mais tel n'était pas son dessein pour séduire Laura Armand.

Il se maîtrisa et recula d'un pas, la laissant frémissante, éperdue. Il souriait toujours quand il appuya sur un bouton et que l'ascenseur reprit sa descente. Laura ne l'avait pas quitté des yeux.

— Dommage que ces lieux soient vraiment trop exigus et que le temps nous manque... laissa tomber Matt d'un ton désinvolte.

Lentement, Laura reprenait ses esprits. Alors un flux pourpre envahit ses joues pâles et dans ses yeux verts la fureur crépita. Une bordée d'injures précises et variées jaillit de ses jolies lèvres.

— Tiens, murmura Matt d'un air très intéressé, la colère vous rendrait presque vulgaire. Allons, Laura, que diriez-vous d'une trêve ? Tout au moins sur le plan professionnel. Quand nous en aurons terminé avec notre enquête, nous pourrons reprendre notre guerre privée au point où nous l'avions laissée.

Il avait raison. Pour inspirer confiance à Susan Fisher, ils devaient feindre une parfaite entente.

— Une trêve armée, Bates ! Et ne recommencez pas si vous tenez à conserver quelques dents.

L'ascenseur s'arrêta au rez-de-chaussée. Matt tendit la main à Laura qui ne la refusa pas.

— Eh bien ! s'exclama-t-il, je vais quand même pouvoir vous inviter à déjeuner ! Avec Susan.

— Quelle générosité quand on passe tout cela en note de frais !

— Voyons, voyons, Laura, dit-il d'un air engageant, ne soyez pas si hargneuse : c'est notre premier repas ensemble !

Il lui entoura gentiment les épaules de son bras et elle se contenta de relever fièrement le menton, sans se dégager.

Susan Fisher les attendait dans le hall.

Chapitre 3

Matt choisit un restaurant bruyant dans le quartier français. Il trouvait plus facile de faire parler les gens dans le brouhaha des conversations.

Il devinait que Susan avait confiance en Laura, mais gardait ses distances en ce qui le concernait.

Il se montra aimable avec elle, tout en observant soigneusement ses gestes et ses réactions. Elle avait l'air vulnérable et bouleversée. Mais il sentait qu'elle ne transigerait pas sur sa version de la mort d'Anne. Elle était décidée à faire la lumière sur cette tragédie et rien ne l'en détournerait.

Il posa sur Laura un regard attendri. Elle se montrait toujours prête à défendre la veuve et l'orphelin. Mais si on le lui avait dit, elle aurait craché feu et flamme. Aux yeux d'autrui, et surtout à ceux de Matt, elle voulait passer pour une journaliste endurcie. Eh bien, ils travailleraient en équipe ! Toutefois, depuis la brève scène qui s'était déroulée dans la cabine de l'ascenseur, il avait l'assurance qu'elle verrait, maintenant, en lui un homme autant qu'un collègue.

Quand ils en furent au café, Matt fit discrètement comprendre à Laura qu'elle devait le laisser parler. Elle acquiesça d'un battement de cils.

— Susan, demanda-t-il doucement, pourquoi avoir attendu un mois pour enquêter sur la mort de votre sœur ?

La jeune femme baissa les yeux. Elle avait à peine touché au repas.

Laura prit sa main entre les siennes.

— Vous pouvez parler, Susan. Vous savez que nous voulons vous aider.

— Oui, je vous crois, balbutia la jeune femme en regardant plutôt Laura que Matt. Eh bien, j'ai fait une grave dépression... Je me suis enfermée dans mon appartement sans voir personne, sans répondre au téléphone. J'ai perdu mon emploi.

Elle serra les lèvres puis reprit d'une voix plus forte pour dominer le bruit de la salle :

— Je n'ai même pas eu le courage de venir aux obsèques. Je pense que je ne voulais pas y croire. Mais Anne n'avait que moi comme famille. J'aurais dû l'accompagner à sa dernière demeure.

Sa voix se brisa sur ces derniers mots.

— Ce n'est pas cela qui compte, s'empressa d'affirmer Laura. Vous l'aimiez. Elle le savait. Voilà ce qui importe.

D'un regard appuyé, Matt lui fit comprendre qu'il approuvait cette déclaration. Habituée à son cynisme, elle en fut surprise. Cette découverte la troublait encore plus que l'incroyable baiser dans l'ascenseur.

— Je crois, continua Susan, que j'ai retrouvé un peu de volonté seulement la semaine dernière. Alors j'ai relu les lettres de ma sœur. De toute évidence, cette mort reste inexplicable. Quand elle parlait de ces marécages, elle était en proie à une peur panique. Je suis sûre qu'elle ne se serait jamais risquée là-bas, seule, et en plus, la nuit. Jamais. Quelqu'un l'y a emmenée. Ou l'a forcée à y aller.

— Mais pourquoi ? demanda Matt.

— Je ne sais pas.

Elle crispa ses deux poings sur la table et faillit éclater en sanglots. Mais elle se domina et répéta :

— Non, je ne sais pas.

— J'ai suivi l'enquête de la police qui n'a rien découvert de suspect, affirma Bates. Votre sœur ne connaissait presque personne ; elle n'habitait d'ailleurs pas depuis très longtemps aux Grands Chênes. Son mari et elle ne recevaient guère. D'après les domestiques elle adorait Louis et on ne les entendait jamais se disputer. Les causes habituelles de meurtre : jalousie, soif de fortune, semblent ici exclues. Que reste-t-il ?

— Prenons chaque élément l'un après l'autre, suggéra Laura. Pouvez-vous nous montrer les lettres de votre sœur ?

— Elles sont dans ma chambre, à l'hôtel.

— Allons les chercher, décida Matt.

Quand ils se levèrent de table, Laura s'attarda une minute auprès de Matt et lui murmura :

— Pauvre Anne ! Comme elle a dû souffrir !

— Vous êtes une incorrigible sentimentale.

— Pas du tout !

Ils prirent un taxi pour emmener Susan à son hôtel, situé dans un quartier minable. Les immeubles y étaient délabrés, les rues encombrées de détritus et il ne devait pas faire bon s'aventurer la nuit dans les sombres ruelles. Par les fenêtres ouvertes parvenait une cacophonie de bruits : musique de jazz, violentes disputes, rires...

Pour entrer dans l'hôtel, ils durent enjamber un chien efflanqué, couché sur le seuil.

— Ce n'est guère reluisant par ici, constata Susan sur un ton d'excuse.

Matt sourit, compréhensif.

— Vous auriez dû voir le logement de mon enfance, à New York !

Susan se détendit un peu et ils la suivirent dans l'escalier. Quant à Laura, elle se dit qu'elle en apprenait décidément beaucoup sur son collègue, ces jours-ci. Cette remarque au sujet de son enfance piquait sa curiosité, elle avait envie d'en savoir plus long sur la vie de Matthew.

Leurs pas résonnaient dans l'escalier dépourvu de tapis, aux murs recouverts de graffitis. Laura se promit de soustraire Susan à pareil environnement. Et sans tarder.

La chambre minuscule comportait un lit, une commode et une chaise.

— Il fait sombre ici, fit remarquer Susan ; c'est bizarre, je me rappelle avoir relevé le store.

Elle se dirigea vers la commode où étaient rangées les lettres.

Laura s'assit sur le bord du lit et ne put s'empêcher de demander à Matt :

— Dans quel quartier de New York habitiez-vous ?

— Le nom ne vous dirait rien, je suis sûr que vous n'y avez jamais mis les pieds. D'ailleurs, avez-vous seulement quitté votre Sud bien-aimé, une fois dans votre vie ?

— Je suis allée plusieurs fois à New York. Euh... enfin, deux fois en tout.

— L'Empire State Building, les Nations unies, les magasins de luxe de la Cinquième Avenue et un spectacle à Broadway. Je parie que c'était là votre programme.

— Vous en savez toujours plus long que les autres ! lança-t-elle, la rage au cœur. Plus je vous connais, plus vous m'exaspérez.

— Vous me flattez.

Pendant cet échange de paroles aigres-douces, Susan vidait frénétiquement les tiroirs. Finalement, elle se tourna vers Matthew et Laura, les traits décomposés :

— Elles ne sont plus là.

— Qui ? s'écria Laura. De quoi parlez-vous ?

— Les lettres ! Toutes les lettres de ma sœur. Il y en avait douze.

— Vous êtes sûre de ne pas les avoir rangées ailleurs ? Les aviez-vous au moins apportées ?

Le cœur serré par une angoisse étrange, Susan haletait, pâle comme la mort.

— Je suis absolument certaine de ce que je vous dis.

Ses mains tremblaient. Laura lui vit la même expression égarée qu'au moment de leur première rencontre.

— Je vais parler à l'employé de la réception, proposa Matt en sortant.

Restée seule avec Susan, Laura écarta quelques vêtements épars.

— Il ne vous manque rien d'autre ?

— Non. Je n'avais aucun objet de valeur. Pourquoi voulait-on les lettres d'Anne ?

— Nous allons étudier la question ensemble. En attendant, dites-moi une chose : savez-vous taper à la machine ?

Intriguée, Susan mit un moment à répondre.

— Oui, j'étais réceptionniste dans un cabinet médical.

— Parfait. Où est votre valise ?

Elle rassemblait les vêtements de Susan et les pliait sur le lit.

— La voilà. Mais... pourquoi ?

— Seriez-vous d'accord pour vous installer dans un endroit plus agréable ? Avec un travail ; enfin une sorte de travail...

— Je ne comprends pas...

— Ma grand-mère habite à la campagne. Depuis que mon frère et moi avons quitté la maison, elle s'ennuie.

Le mensonge s'était organisé spontanément dans l'esprit de Laura et sa voix restait naturelle.

— Mais je ne peux pas me faire inviter ainsi !

— Vous avez un bon moyen de payer votre séjour, expliqua Laura en souriant. Depuis longtemps, grand-mère nous menace d'écrire ses mémoires et je ne sais plus quelles excuses inventer pour ne pas les taper moi-même. Elle a quatre-vingt-deux ans. Je peux vous promettre que vous ne vous ennuierez pas en écoutant ses récits. Elle a eu tant d'aventures sentimentales ! Je lui aurais bien rendu service, mais je manque de temps.

— Vous ne me connaissez pas, constata Susan. Pourquoi vous montrer si bonne à mon égard ?

— C'est simple : vous êtes dans l'embarras et je peux vous aider. Allons, faites votre valise. Je vais voir si Matt a obtenu des renseignements auprès du réceptionniste.

Dans le couloir, elle rencontra Matt qui remontait.

— Eh bien ? demanda-t-elle.

— Il n'a vu personne. La femme de ménage affirme qu'elle n'a pas touché au store.

— Alors quelqu'un est entré.

— Peut-être.

— Susan pense qu'il s'agit d'un vol banal. C'est préférable dans l'état où elle est. Elle fait sa valise.

— Très bien. Il vaut mieux qu'elle ne reste pas ici. Où va-t-elle ?

Laura le regarda avec un air de défi.

— Chez ma grand-mère.

— Ah... se contenta de dire Matt avec son éternel sourire.

— Ne vous imaginez surtout pas... commença Laura avec violence.

— Mais je ne m'imagine rien ! Je suppose seulement que vous essayez de me doubler, ma très chère. Bon, je vais appeler un taxi.

Quel personnage antipathique ! pensa Laura, qui se défendait vigoureusement de croire le contraire.

Ils mirent Susan dans un taxi, après avoir téléphoné à Olivia pour lui expliquer la situation. Puis ils appelèrent une autre voiture pour se rendre au commissariat.

— Je commence vraiment à croire que les soupçons de Susan sont fondés, dit Laura.

— Le premier élément à élucider, s'il y a meurtre, c'est de savoir à qui il profite. Il n'y a pas eu de violences sexuelles. La question de fortune n'intervient pas. Susan est sa seule héritière. Non, il y a également son mari et sa belle-sœur. Mais là, je ne vois vraiment pas...

— Il ne me viendrait pas à l'idée de soupçonner Louis ou Marion Trulane ! s'écria Laura. Et il existe d'autres mobiles que le désir ou l'argent. Vous-même avez mentionné la jalousie. Louis est riche et beau. Quelqu'un ambitionnait peut-être de remplacer Anne.

— Vous connaissez bien Louis ? demanda-t-il étonné par les sous-entendus de sa phrase.

Elle eut un sourire attendri. Dépité, Matt constata que Laura ne l'avait jamais regardé ainsi.

— Oh ! je le connaissais très bien... autrefois. Il m'a appris à monter à cheval quand j'étais petite. A dix ans j'étais follement amoureuse de lui ; il en avait vingt, était très séduisant et supportait patiemment ma passion d'adolescente.

Matt lui prit doucement une mèche de cheveux et, pensif, l'enroula autour de ses doigts. Enfin, il réussit à dire :

— Je suppose que cela vous a passé ?

— Avez-vous jamais été amoureux, Matthew ?

Il posa sur elle un regard profond où se mêlaient souvenirs et émotions. Puis il contempla longuement son beau visage, sa bouche tentante. S'ils avaient été seuls, il n'aurait pas répondu, mais pris ce qu'il désirait depuis si longtemps.

— Non, dit-il enfin, sans explication.

46

Laura poussa un grand soupir.

— Je n'étais qu'une enfant et je croyais aux contes de fées. J'avais une admiration immense pour Louis : je le considérais comme un preux chevalier doué de perfection. Il me comprenait et ne se moquait pas de moi. Quand il s'est marié, j'en ai eu un chagrin fou. Avez-vous entendu parler de sa première femme ?

Matt regardait les mains élégantes et fines de Laura, croisées sur ses genoux. Elle portait une bague ancienne ornée d'une émeraude, sans doute un bijou de famille. Ce genre de femme raffinée avait des ancêtres distingués, des amis qui lui donnaient des leçons d'équitation, des amours romanesques.

— Oh! vaguement... dit-il. Vous me raconterez plus tard.

— Serait-ce un ordre, Bates ? Qui commande dans une association ?

Pour une raison qu'il ne s'expliquait pas, la colère l'envahit et il répliqua sèchement :

— On vous a envoyée sur ma piste.

— Oui, mais c'est mon idée.

— Vous n'en tirerez rien si vous refusez de partager le travail.

Il voulut la prendre par le bras, mais elle le repoussa brutalement.

— Un instant, Bates ! Mettez-vous bien cela dans la tête : je travaille avec vous sur cette affaire, certes, puisqu'on m'y a contrainte. Mais je ne suis pas à votre service. Considérez-moi comme votre associée.

Il oublia sa colère pour la regarder d'un air malicieux.

— Associée, reprit-il. Tout un programme.

Il tenta de saisir sa main.

— Ne vous faites aucune illusion ! Et cessez de me toucher, voulez-vous ?

— Pas vraiment...

Ils pénétrèrent ensemble au commissariat de police. Un désordre indescriptible y régnait : des jeunes de bandes rivales s'injuriaient ; des ivrognes chantaient ; une femme avec un œil au beurre noir racontait son histoire à qui voulait l'entendre.

Habitué à ce genre de scènes, Matt parut l'ignorer. D'ailleurs, personne ne faisait attention à Laura et à lui.

Il se dirigea vers un bureau où une jolie jeune femme brune, en uniforme, parlait au téléphone.

— Tiens, Matt ! Quel bon vent vous amène ? lui demanda-t-elle avec un grand sourire. Savez-vous que mon numéro de téléphone n'a pas changé ?

— Le travail ! Toujours le travail ! Même pas le temps d'aller boire un verre.

— Il y a au moins un mois que nous ne sommes pas sortis ensemble.

— Pour le moment, j'ai un petit service à vous demander.

— Mais avec plaisir. De quoi s'agit-il ?

— Je voudrais jeter un coup d'œil à un dossier. Une affaire sur laquelle j'avais fait un papier à l'époque : la mort d'Anne Trulane.

La jeune femme fit la moue.

— Terrain glissant, Matt.

— Laura Armand que voici travaille avec moi au journal et nous devons revoir cette histoire ensemble. Elle est une vieille amie de la famille Trulane.

La voyant hésiter, il insista :

— Mais c'est une affaire classée, voyons, et c'est moi qui m'en suis occupé depuis le début.

— Vous avez déjà eu accès au dossier.

— Raison de plus pour que j'y remette mon nez ! déclara Matt avec un sourire enjôleur. Vous savez que je ne tire pas un avantage illégal de ce petit passe-droit. J'ai toujours joué franc jeu.

— Oui, oui, je connais vos habitudes, Matt.

Laura eut l'impression que la phrase à double sens se rapportait plus à la vie privée de Matt qu'à ses agissements professionnels.

La jeune femme se leva et se dirigea vers une pièce voisine.

— Vous travaillez toujours de cette manière, Matt ? lui souffla Laura à mi-voix.

— Quelle manière, ma chère ? Seriez-vous jalouse ? Vous qui tenez mon cœur au creux de vos jolies mains ?

— Je préférerais l'avoir sous mon talon !

— Méchante !

— Je vous ai sorti le dossier dans le petit bureau, déclara la femme policier en revenant. Il y a trop de monde ici pour travailler tranquillement.

— C'est vraiment gentil de votre part. Je n'oublierai pas ce service.

— Hum ! Il me semblait que sur certains chapitres vous aviez plutôt la mémoire courte !

Matt eut de nouveau pour elle son sourire enjôleur et se demanda, soudain, pourquoi il ne profitait pas de cette aubaine. Mais il dut s'avouer qu'il ne pensait ni à cette femme-là, ni aux autres... à l'exception d'une seule !

Il s'installa avec Laura à une table grise dans une petite pièce minable aux murs nus et au lino usé.

— Ce cadre me donne le cafard, murmura Laura en frissonnant.

Cependant, Matt paraissait fort à l'aise et commençait déjà à étaler différents papiers avec l'air gourmand du reporter qui flaire une bonne piste. Laura dut s'avouer que cet homme l'intriguait profondément. Il semblait capable d'étonnantes transformations et elle ne savait jamais très bien à quoi s'en tenir avec lui. Il s'était montré tendre, mais dur aussi, sur le plan professionnel. Et quand il couvrait une affaire, il ne devait tolérer aucune ingérence dans ses investigations. Sans doute l'habitude de côtoyer le crime et la misère l'avait-elle endurci, voire blasé.

Mais, au fait, pourquoi s'intéressait-elle à ce point aux sentiments et aux réactions d'un collègue ?

— Je ne vois pas grand-chose à utiliser, marmonna Matt en feuilletant le dossier. Rapport d'autopsie... pas de violences sexuelles... contusions, plaies superficielles, sans doute causées par la traversée des terrains marécageux... Le crotale l'a mordue à la cheville gauche. Venin mortel si la victime n'est pas secourue très vite. Heure de la mort : entre minuit et quatre heures du matin.

Il tendit la feuille à Laura et lut à haute voix le rapport de police : « Ce soir-là, Trulane a travaillé tard, dans son bureau. Il croyait que sa femme était allée se coucher. Il est monté à son tour, vers deux heures du matin, et a trouvé la chambre vide. Il a cherché partout dans la maison, réveillé sa sœur et les domestiques. Ils ont fouillé le parc. Aucune voiture ne manquait dans le garage et Anne Trulane n'avait pas emporté de vêtements. Louis Trulane a téléphoné à la police à deux heures cinquante-sept. »

Il leva la tête.

— Ils ont mis presque une heure avant d'alerter la police.

Laura serra le rapport d'autopsie entre ses doigts moites.

— La maison est vaste. Ainsi que le parc. On n'appelle pas un commissariat sans raison.

Matt acquiesça d'un signe de tête et continua sa lecture : « La police est arrivée à trois heures quinze. La maison a été fouillée, les domestiques interrogés... »

Il passa rapidement aux dernières phrases : « ... Le corps d'Anne Trulane a été retrouvé vers six heures dans la partie sud-est des terrains marécageux. »

Matt s'était rendu sur les lieux pour son reportage. Il n'avait pas oublié la lumière grise, l'atmosphère imprégnée d'odeurs fétides, l'aspect maléfique du paysage.

— Personne n'a pu expliquer la présence d'Anne Trulane en ce lieu, reprit-il d'un air songeur. Marion Trulane, sa belle-sœur, assure que la jeune femme avait une aversion maladive pour cet endroit. Ce que confirme Susan d'ailleurs. Quant à Louis Trulane, il s'est borné à répéter les termes de sa déposition et n'a rien voulu ajouter.

— Il devait être bouleversé ! s'écria Laura avec fougue. On le serait à moins. Ne pouvez-vous le comprendre ?

— Alors il faut bien se résoudre à admettre la thèse de la violence. Quelqu'un l'a forcée à y aller. Elle s'est perdue, affolée. Le venin du serpent a fait le reste.

Matt jeta un coup d'œil à Laura, qui s'absorbait dans la lecture du rapport.

— Avez-vous conservé des relations avec votre cher Louis qui vous permettraient de le voir et de lui poser des questions ?

— Euh... je pense que oui. On me recevra et on me parlera. Vous aussi d'ailleurs, si vous faites du charme.

— Ha ? Je ne savais pas que j'en avais.

— Oh, vous l'utilisez un peu trop visiblement à mon goût, mais ça marche !

— Je vous en prie, chère Laura, les compliments me font rougir.

Elle refusa de garder ce ton de plaisanterie et dit sérieusement :

— Louis a traversé des épreuves dramatiques. Depuis l'échec de son premier mariage, il vivait plutôt en solitaire et voilà que sa deuxième femme...

Matt tira machinalement un paquet de cigarettes de sa poche. Il était vide.

— C'est son frère qui lui a enlevé sa première femme, n'est-ce pas ?

— Oui. Louis ne s'en était jamais remis.

Pendant que Matt, l'air lointain, semblait réfléchir, Laura remit dans le dossier le rapport de police et en sortit un autre feuillet.

Pétrifiée, elle faillit le lâcher; elle se mit à trembler. La photographie qui figurait au dossier avait de quoi glacer le sang dans les veines. Certes, Laura avait déjà vu des morts. Mais pas ainsi... Epouvantée, hypnotisée, elle ne pouvait détacher son regard du corps d'Anne Fisher Trulane.

Soudain conscient du silence de Laura, Matt se tourna vers elle. Livide, les yeux fixes, elle était incapable d'articuler la moindre parole.

En un bond, Matt fut à ses côtés et lui prit doucement des mains l'horrible document. Puis il lui caressa la nuque en un geste apaisant et lui entoura les épaules de ses bras.

— Allons, allons, vous n'allez pas vous évanouir? Ça va mieux?

— Je... ne vous inquiétez pas. Ça va.

Sans y penser, elle posa la tête sur l'épaule de Matt et resta silencieuse un moment.

— Excusez-moi, dit-elle enfin, c'était stupide de ma part.

Tendrement, il écarta les mèches qui lui tombaient sur le front et murmura :

— Mais non, mais non, je comprends.

— Vous devez y être habitué, je suppose.

— Oh! vous savez, on ne s'habitue jamais vraiment à ces horreurs...

Il la serra contre lui et elle s'abandonna à une curieuse sensation de sécurité. Sa chaleur, son odeur saine et sa voix apaisante finirent par lui rendre le calme. Sous sa joue, elle sentait battre le cœur de Matt. La vie... Quand il lui effleura l'oreille du bout des lèvres, elle ne bougea pas. Il lui sembla qu'elle venait seulement de le découvrir.

— Matthew, commença-t-elle à mi-voix.

— Oui ?

— Ne soyez pas trop gentil avec moi !

Les yeux fermés, le visage enfoui dans le creux de son cou, elle devina son sourire.

— Pourquoi pas ?

Elle ne répondit pas, mais se redressa. La tentation de rester à l'abri était trop forte.

Il lui prit le menton pour lui relever la tête.

— Vous êtes belle, chuchota-t-il. Vous l'ai-je déjà dit ?

Elle se dégagea avec précaution et se promit de mieux se dominer à l'avenir.

— Non, déclara-t-elle en souriant. Sinon, j'en aurais pris note... pour ne pas oublier.

Lui tournant le dos, Matthew, d'un geste preste, glissa la photo dans le dossier, qu'il referma.

Laura le précédait. Au moment d'ouvrir la porte, elle se tourna vers lui :

— Matthew... personne ne mérite une telle mort !

— Vous avez raison, acquiesça-t-il en posant sa main sur celle de la jeune femme.

Chapitre 4

Une atmosphère fraîche et calme régnait dans le bar. C'était l'heure creuse avant l'affluence de la soirée. Matt y emmena Laura pour achever de la remettre de sa rude épreuve. Elle avait raison : personne ne méritait une mort aussi atroce. Mais la vie et la mort n'obéissent pas à des règles précises. Il avait appris depuis longtemps à accepter cette évidence.

Depuis qu'ils avaient quitté le commissariat, tous deux se taisaient. Matt se rappelait les événements tels qu'ils s'étaient déroulés.

Le téléphone avait sonné très tôt chez lui, ce matin-là, pour lui annoncer la nouvelle : il possédait au commissariat sa propre source de renseignements qui ne lui faisait jamais défaut. Si bien qu'il était arrivé aux Grands Chênes juste après la police. Une brume ténue recouvrait la campagne comme un linceul.

En interrogeant Louis Trulane, très réticent dans ses réponses, Matt avait compris qu'il n'obtiendrait pas grand-chose de lui. Il ne semblait pas affolé par la disparition de sa femme, agacé seulement par l'intrusion du journaliste. Il est vrai qu'il ignorait encore la sinistre vérité.

Entouré de sa sœur et de ses domestiques, il opposait aux questions un silence méprisant.

Après avoir vainement fouillé la maison et le parc, les policiers s'étaient dirigés vers le marais, suivis de Matt qui aurait certes préféré se trouver ailleurs. Il se dégageait de cette région désolée un malaise indéfinissable. La brume rendait plus intense l'humidité pénétrante et plus mystérieux les recoins d'ombre où grouillaient des bêtes invisibles. Peu familier de ce genre de paysage, Matt se sentait plus à l'aise dans les bas quartiers des villes et leurs sinistres ruelles.

On avait découvert le corps, ramassé sur lui-même, près d'un filet d'eau. L'aube se levait à peine et, dans cette atmosphère ouatée, grisâtre, maléfique, les vivants ne pouvaient s'empêcher de frissonner. Pour Anne Trulane il était trop tard : elle n'appartenait déjà plus à leur monde.

Matt se souvenait du visage de Louis Trulane : livide, figé. Et de son silence. Sa sœur s'était évanouie. Les domestiques avaient pleuré. Mais Louis était resté immobile, pétrifié...

— Je vais téléphoner à Louis.

Matt sursauta. Il avait oublié la présence de Laura à ses côtés. Elle l'observait avec étonnement.

— Ah oui ! dit-il sottement.

— Je vais téléphoner à Louis, répéta Laura, pour lui demander s'il veut bien nous recevoir.

Lentement, il ouvrit un paquet de cigarettes neuf, et la regarda se diriger vers la cabine téléphonique. Il savait que la démarche n'avait rien d'aisé pour elle. Sa passion de jeunesse pour

Louis l'impliquait trop dans cette affaire. Sau-rait-elle se montrer objective ?

Il pouvait aussi prendre la remarque à son compte : n'était-il pas jaloux de Louis, de l'amour que Laura lui portait ? Rien que la façon dont elle prononçait encore maintenant son nom...

Allons, il était grand temps qu'ils remettent les choses à leur place. Le métier d'abord. Si Laura avait ses entrées chez les Trulane, tant mieux ! Il fallait s'en servir, et mettre ses scrupules de côté. Matt n'avait pas d'illusions sur cette catégorie de gens ; il les savait capables d'accumuler des obstacles de toutes sortes sur le chemin déjà ardu d'un reporter. Cela ne lui faisait pas peur mais lui coûterait plus de temps et plus d'efforts.

De toute façon personne ne l'empêcherait, le cas échéant, de faire des brèches dans ce mur de respectabilité dont les Trulane se protégeaient grâce à leur nom et à leur position sociale.

Laura revenait à leur table, rêveuse, encore pâle. Son cœur se serra mais il parvint à se dominer. Il s'en remettrait... et elle aussi. Il le fallait.

— Alors ?

— Il nous recevra demain à dix heures.

— Vous n'avez pas l'air particulièrement enchantée.

— Je me suis prévalue de notre vieille amitié.

Elle leva sur Matt un regard où brillaient le défi et un peu de lassitude.

— Je n'en étais pas trop fière, ajouta-t-elle.

— Il faut penser à votre tâche.

Il s'était promis de ne pas la toucher et voilà qu'il lui prenait la main !

— Je sais. Je ne l'ai pas oubliée. On ne me demande pas si cela me plaît ou non.

Instinctivement elle serra les doigts qui se refermaient sur les siens. Depuis qu'elle avait vu la photographie, elle savait qu'elle ne pourrait plus renoncer à faire la lumière sur ce meurtre horrible. Elle voulait savoir la vérité.

Un frisson la secoua et elle commanda un deuxième Martini.

Matt l'imita, mais il murmura :

— Vous savez, Laura, cela ne fournit qu'un soutien éphémère.

— Qu'importe. L'alcool peut aider quelquefois et je vous avertis, Matthew, je vais en faire une grande consommation ces temps-ci. Je tâcherai de ne pas barboter dans l'ivresse, mais de toute façon, je ne vous présenterai pas d'excuses.

— Et si j'en profitais ? Je me suis souvent bercé d'illusions de ce genre.

Elle eut un rire peu flatteur :

— Mon pauvre Matthew ! Il en faudrait du gin pour que je vous cède !

— On verra. Revenons aux Trulane : parlez-moi d'eux.

— Mais encore ?

— Dites-moi tout ce que vous savez sur cette famille.

Elle soupira et but une gorgée du verre que la serveuse venait d'apporter.

— Bon. Commençons par le commencement. La propriété Les Grands Chênes date du début du XIXe siècle. C'était une vaste plantation très prospère. Dans cette partie-ci de la Louisiane, les Trulane sont encore les plus gros propriétaires terriens. Ils tiraient leurs revenus non seulement du coton et de l'élevage mais aussi de leur chantier naval. C'est d'ailleurs ce dernier qui leur a permis de survivre après la guerre de Sécession. Les Trulane sont connus depuis toujours à La Nouvelle-Orléans où ils occupent une place prépondérante dans les domaines politique, social et financier. Je suis sûre que ma grand-mère pourrait nous en parler pendant des heures.

— Je n'en doute pas! Mais venons-en au présent.

— Il fallait bien brosser le décor, pour situer le sujet! Gontran Trulane a hérité de la propriété familiale juste après son mariage. Il avait trois enfants : Marion, Louis et Charles. C'était une force de la nature : grand, massif, jovial, il s'exprimait d'une voix tonnante. Ma grand-mère le trouvait merveilleux. D'ailleurs, je me suis parfois demandé si... bref, passons. Son épouse était tout au contraire sereine et pondérée, ravissante de surcroît. Marion lui ressemble beaucoup. Tante Ellen — je l'appelais ainsi — est morte quelques mois après ma mère. J'avais six ans. Dans mon souvenir, je les confonds un peu.

Elle vida son verre, sans remarquer le signe de Matt à la serveuse.

— Après la disparition de sa femme, ce pauvre Gontran s'est complètement effondré. Louis l'a remplacé à la tête du domaine. En réalité, il était trop jeune pour une telle responsabilité, mais il n'avait pas le choix. Il devait avoir dans les dix-huit ou dix-neuf ans et j'étais déjà amoureuse de

lui. Je voyais en lui un mélange de prince charmant et de Robin des Bois. Il se montrait gentil
avec moi et il savait s'amuser. C'est ainsi que
j'aime à l'évoquer dans mes souvenirs.

Elle but une gorgée de son verre, sans s'apercevoir qu'on venait de le lui renouveler pour la
troisième fois.

— Les temps changent, les gens aussi, soupira
Matt. Vous n'êtes plus une petite fille, Laura.

Comment se mesurer à des souvenirs d'enfance, auréolés de poésie ? Il préféra ne plus
parler de Louis.

— Et Marion ? Que savez-vous d'elle ?

— Elle a quelques années de plus que Louis.
Dans mon enfance, je la comparais à une mar-
raine de conte de fées. Elle est restée très belle et
très sereine.

— Oui, je l'ai remarqué, acquiesça Matt.

— Elle m'invitait souvent à goûter et s'amusait de ma passion pour Louis. Elle me disait que
si je me dépêchais de grandir, je pourrais
l'épouser.

— Elle ne s'est jamais mariée ?

— Non. Grand-mère la trouvait trop difficile
dans ses choix. Personnellement, je crois qu'il
s'agit d'une déception sentimentale. Charles était
différent. Je le considérais comme un frère. D'ailleurs, il ressemblait à Karl : un rêveur, assoiffé
d'absolu. Il y a quelques toiles de lui dans le salon
des Trulane : il avait un don pour la peinture. Et
puis il a disparu...

— Avec la première femme de Louis.

— Oui. Il y a douze ans. Ce scandale a fait
couler beaucoup d'encre. Louis l'a appris en

rentrant d'un voyage d'affaires. D'après les commérages des domestiques, les amants, avant de fuir, auraient laissé une lettre. Ils avaient emporté tous leurs vêtements et le matériel de peinture de Charles.

Le bar s'était rempli de consommateurs. Quelqu'un jouait du piano. Il y avait beaucoup de bruit mais Laura ne remarquait plus rien.

— C'est de ce moment-là que date le changement qui s'est opéré en Louis. Il s'est enfermé chez lui. Les rares fois où je l'ai revu, j'ai constaté qu'il ne savait plus rire. Pour autant que je sache, jamais plus personne n'a eu de nouvelles de Charles et Elise. Au bout de huit années, Louis a obtenu le divorce. D'après Marion, il était affreusement désabusé, amer, et son comportement l'inquiétait. Son remariage nous a tous surpris.

Pensive, elle fixait sans la voir la fumée qui montait de la cigarette de Matt. Au plafond, les ventilateurs tournaient lentement. L'air était lourd.

Matt savait écouter et son silence attentif encourageait Laura à poursuivre :

— Je travaillais déjà au journal à cette époque. J'ai téléphoné à Louis parce que j'espérais sincèrement qu'il était heureux. Et puis c'était le sujet d'un bon papier. Il m'a refusé une interview, mais sans acrimonie. Il avait épousé une enfant, disait-il, et la publicité ne lui convenait pas.

Matt regardait Laura et ne pensait qu'à elle, bouleversé par son aspect vulnérable et juvénile quand elle parlait de Louis. Il brûlait de l'emmener au bout du monde pour lui éviter la souffrance. Impossible de lui révéler ses pensées. Il affecta l'indifférence.

— Vous avez bien connu la première Mme Trulane ?

— J'en étais affreusement jalouse. Elise possédait cette beauté diaphane des femmes du Sud qui évoque les poupées de porcelaine. Le jour de son mariage, toute en blanc, avec des dentelles somptueuses et une traîne de plusieurs mètres, mon Dieu qu'elle était ravissante !...

— On dit que la deuxième épouse lui ressemblait étrangement.

— Et alors ? Louis préférait sans doute un certain type de femme. En quoi cela ferait-il conclure à un meurtre ?

— Nous ne savons même pas si Anne Trulane a été assassinée. Inutile de prendre si vite la défense de son époux ! Vous aurez du mal à être impartiale dans votre enquête si vous restez sous l'emprise de cette passion enfantine.

— C'est ridicule ! Je ne laisse pas mes sentiments empiéter sur ma vie professionnelle.

Elle baissa les yeux sur son verre.

— Tiens, il est vide ! J'en prendrais bien un autre.

Matt ne voulut pas la contrarier, mais il décida qu'ils avaient assez parlé des Trulane.

— Dites-moi Laura, que devient votre cher conseiller municipal ? Il n'en est plus question en ce moment.

— Cessez de me taquiner avec Jerry, Bates. Jerry est un...

— Raseur de la pire espèce !

Laura fut prise d'un fou rire qui gagna bientôt Matt.

— Ecoutez Bates, bredouilla-t-elle d'une voix pâteuse, je n'ai plus l'esprit assez clair pour imaginer une réplique valable, mais je trouve très impolies vos remarques sur Jerry.

— Etes-vous contrariée parce que j'ai raison ?

— Oui. Je déteste être dans mon tort.

Il sourit et se leva, posant quelques billets sur la table.

— Laura, je vais vous raccompagner chez vous. Espérons que vos pensées resteront assez confuses pour que je puisse me laisser aller à mes sombres instincts.

— Il faudrait plus de trois Martini pour me mettre dans un tel état !

Déclaration hautaine qui ne put produire l'effet escompté ; elle titubait en se levant.

— Pas trois, murmura Matt, j'en ai commandé quatre ! Mais nous n'en sommes pas à un près !

Laura se raccrocha à Matt pour sortir dignement du bar. Le sol avait une curieuse façon de se dérober sous ses pieds et la tête lui tournait.

Ils ne mirent pas longtemps pour couvrir à pied la courte distance qui les séparait de leur immeuble.

— Vous savez, Matt, bafouilla Laura, vous devenez plutôt sympathique, après trois apéritifs.

— Quatre.

— Ne chipotez pas. Pour une fois que je vous fais un compliment !

— Mais j'y suis très sensible, ma chère. Tenez, en voici la preuve.

Il lui effleura les lèvres d'un baiser.

— Drôle de façon d'embrasser, murmura-t-elle rêveusement. Je pensais que...

— Ne pensez pas trop. Voulez-vous une démonstration plus précise de mes sentiments ?

Durant cet échange de politesses, ils étaient arrivés devant la porte de l'appartement de Laura. Elle se mit à fouiller dans son sac, à la recherche de ses clés.

— Vous pourriez m'aider, peut-être ?

Elle déposa dans la main tendue de Matt son porte-monnaie, un agenda, une brosse cassée et des billets de métro périmés.

— Ah, enfin ! Elles tombent toujours au fond !

— Voilà bientôt un an que nous habitons le même immeuble, constata Matt, et vous ne m'avez jamais invité.

— C'est impardonnable ! reconnut Laura, en s'effaçant pour le laisser entrer.

Il songea qu'elle avait besoin d'un café noir bien fort, avec deux ou trois cachets d'aspirine, suivi d'un sommeil réparateur. Mais il lui faudrait l'aider.

Le salon évoquait le goût et l'élégance de sa propriétaire. Les tons roses et ivoire, les rideaux de dentelle, le velours du canapé, le style des tableaux, chaque élément portait la marque de sa personnalité.

— Ce cadre vous convient parfaitement.

— Vraiment ? Si je voyais votre appartement, je ne serais pas capable de faire la même remarque. Je ne vous connais pas du tout. En fait... vous m'intriguez.

Elle lui sourit, penchant la tête sur le côté. Le

provoquait-elle délibérément, ou était-ce l'effet de l'alcool ? Il se trouvait dans une situation épineuse : il la désirait plus que jamais mais il ne tenait pas à profiter d'un moment d'égarement.

— Il vous faut un café bien tassé, déclara-t-il en la prenant par le bras pour l'emmener vers la cuisine.

Elle regarda la machine électrique d'un air perplexe.

— Je vais le faire moi-même, décida Matt. Vous arriverez à sortir les tasses ?

— Certainement !

Elle prépara le plateau avec des gestes maladroits, toutefois sans rien briser. Mais alors qu'elle se tournait vers Matt, elle perdit l'équilibre et lui tomba dans les bras. Avec un rire perlé, elle lui passa les bras autour du cou.

— Que vous avez de beaux yeux ! Je parie que toutes les femmes vous le disent.

— Naturellement.

Il la prit par la taille pour la soutenir, mais une flambée de désir le troubla et il resserra son étreinte.

— Laura...

— Vous devriez peut-être m'embrasser encore une fois, pour que je sache si j'y tiens ou non !

— Laura, vous jouez avec le feu. Demain matin, si vous vous souvenez de vos paroles, vous m'en voudrez à mort.

— Je sais, je sais... Un baiser s'il vous plaît, un vrai, pas comme tout à l'heure !

Elle lui passa les doigts dans les cheveux et répéta d'une voix pâteuse :

— Un baiser...

Au diable les beaux sentiments ! se dit Matt dans un élan fougueux. Tant pis si, plus tard, il devait payer cher ce moment. Au moins que cela en vaille la peine ! Il prit ses lèvres fougueusement.

Ce fut un embrasement immédiat. Et réciproque. Elle gémit, se pressa contre lui sans dissimuler le désir qui l'avait saisie. Ce baiser intime et profond, cette rencontre brûlante appelait une autre union, plus complète.

En une étreinte, il avait libéré tous les secrets que son corps lui dissimulait à elle-même, depuis toujours. Il faisait vibrer ses sens comme personne ne l'avait jamais fait avant ni ne le ferait après. Au mépris de toute réflexion, elle n'était plus qu'un élan charnel qui réclamait une satisfaction immédiate.

Matt sentait qu'il perdait pied. D'ailleurs, n'avait-il pas capitulé depuis le premier jour où il avait vu Laura ? Il ne pouvait lui refuser quoi que ce soit tant qu'il la tenait ainsi, contre lui, brûlante, fondante de désir, assoiffée de plaisir.

Son parfum le faisait défaillir, sa bouche le dévorait. Sa poitrine s'appuyait contre la sienne, ses mains se plaquaient sur lui.

Il s'entendait murmurer des mots sans suite, des menaces, des promesses, des prières...

Il cessa de lutter pour donner libre cours à sa passion.

Laura, elle aussi, perdait la tête et accueillait avidement les sensations nouvelles que Matt lui procurait par ses caresses enflammées. Elle ne reconnaissait plus le journaliste, habituellement cynique et décontracté qui la considérait avec son sempiternel sourire et semblait toujours se moquer d'elle. Il la serrait contre lui, violemment, sans retenue. Et Laura en était bouleversée.

Il ne cachait pas son désir. Comment l'aurait-il pu ? Pour cette femme qui se livrait ainsi à lui, il nourrissait depuis un an un désir fou. Il ne pensait à rien d'autre qu'à savourer le moment présent. Qu'importait pour lui le passé, ou même l'avenir ! Il la tenait dans ses bras et rien d'autre ne comptait.

Laura ne comprenait pas pourquoi son corps vivait si intensément. Il lui semblait qu'elle pouvait suivre dans ses veines le flux enfiévré de son ardeur. Sans doute avait-elle inconsciemment attendu ce moment ? Il dépassait en intensité tout ce qu'elle avait jamais imaginé, attendu. Plus aucune contrainte ne la retenait : ses sens déchaînés imposaient leur loi à sa pensée. Avec une force qu'elle ne se connaissait pas, elle s'empara des lèvres de Matt qui venait de redresser la tête. Ses jambes tremblantes ne la portaient plus.

Quand il se dégagea, elle sursauta et voulut s'accrocher à lui.

— Matthew...

— On sonne ! Vous n'entendez donc pas ?

Il la repoussa.

— Laura, je vous dis qu'on sonne à votre porte. Allez ouvrir.

— Ouvrir ? bredouilla Laura, éperdue. Je ne comprends pas... Pourquoi...

Matthew fut obligé de la secouer et de lui montrer l'entrée. Elle s'éloigna d'un pas saccadé, comme une somnambule et il resta les bras ballants, dans la cuisine, respirant avec peine. Il avait failli aller trop loin. Cette visite inopinée les avait sauvés tous les deux d'un acte insensé.

Laura se sentait comme un plongeur remonté trop vite à la surface : une sorte d'ivresse la faisait tituber. Elle porta les deux mains à ses tempes, et se rappela : trop de cocktails, puis cette scène d'amour avec Matt. Maintenant, il fallait ouvrir et affronter une intrusion.

Sur le seuil se tenait Jerry Cartier, impeccable avec son costume trois-pièces mais l'air vaguement agacé.

— Enfin ! Laura, vous avez mis si longtemps à m'ouvrir que j'allais partir.

— Oh ! je... excusez-moi, bonjour, Jerry.

Elle lui fit signe d'entrer.

— Je vous dérange ? s'enquit Jerry intrigué.

— Mais non. Je préparais du café à la cuisine.

— Vous buvez trop de café. C'est mauvais pour vos nerfs.

— Sans doute, sans doute, balbutia Laura qui songeait au nombre de Martini absorbés en compagnie de Matt.

... Matt qui la faisait frémir passionnément, quand cet intrus avait sonné.

— Venez vous asseoir, Jerry, proposa-t-elle.

En réalité, elle n'avait pas du tout envie de faire la conversation, mais plutôt de s'allonger dans le noir, avec une compresse froide sur la tête. Pour le moment, il lui fallait accomplir un exploit : arriver jusqu'au divan d'un pas ferme, sans trébucher. Elle entreprit de traverser la pièce quand une remarque de Jerry l'arrêta net dans son élan.

— Vous n'êtes pas prête !

— Prête ? répéta Laura stupidement.

— Mais pour le dîner, voyons !

A ce moment, la porte s'ouvrit et Matthew apparut, portant la cafetière et les tasses sur un plateau.

— Bonjour, Jerry.

— Bonjour, Matthew.

Après cet échange de salutations un peu sec, un silence tomba. Laura se tenait en équilibre sur un pied, le visage figé.

Matt devina l'embarras où elle se trouvait et, très habilement, lui prit le bras pour l'aider à faire les quelques pas qui la séparaient du divan. Elle s'assit, avec un soupir de soulagement.

— Voulez-vous du café, Jerry ? offrit Laura.

Elle se résignait déjà à subir un sermon de vingt minutes sur les méfaits de ce stimulant dont elle abusait.

— Une demi-tasse seulement pour moi. Quant à vous, Laura...

— Je sais, je sais, Jerry, mais c'est ma première tasse de la soirée.

Avec diplomatie, Matt s'interposa pour changer de sujet.

— Beaucoup de travail en ce moment, Jerry ?

— Pas une minute à moi. Les journées sont trop courtes et j'ai toujours des dossiers en retard.

Il tendit la main pour accepter la tasse que Laura lui offrait, mais elle faillit la laisser tomber. Il la regarda attentivement.

— Laura, demanda-t-il d'un ton soupçonneux, vous n'auriez pas bu par hasard ?

— Mais non, voyons ! Au fait, vous veniez me rendre visite en passant ? C'est gentil !

— En passant ? Enfin Laura, où avez-vous la tête ? Nous devions dîner en ville ce soir et je venais vous chercher.

— Oh !

Qu'aurait-elle pu ajouter ? Sa déconfiture était totale. Jerry tenait très soigneusement son agenda et elle n'avait même pas noté ce rendez-vous qu'elle avait, bien sûr, complètement oublié.

Matt se précipita au secours de la jeune femme.

— Nous avons un papier à rédiger ensemble, Laura et moi, expliqua-t-il à Jerry, et cela nous prend pas mal de temps. Quand vous avez sonné, nous mettions au point... notre plan d'attaque. Vous savez ce que c'est : quand on a un délai pour exécuter un travail...

Jerry pinça les lèvres et regarda Laura qui se borna à faire un geste d'impuissance.

Avec un sourire engageant, Matt acheva :

— Alors, vous comprenez, ce soir nous serons obligés de nous contenter d'un sandwich. Pas même une heure pour dîner. Les journalistes sont souvent contraints de renoncer à de petits plaisirs pour s'acquitter d'une tâche urgente.

Il se tourna vers Laura.

— Vous passerez un coup de fil à Jerry, dès que vous aurez une minute, n'est-ce pas, Laura ?

— Oui... Oui, bien sûr. Désolée, Jerry.

Elle vida sa tasse de café. Elle en voulait une

autre, mais il fallait attendre le départ de Jerry, sous peine de subir encore un sermon.

— Je comprends. Le devoir passe avant le plaisir, déclara Jerry, sentencieux.

Matt faillit s'étouffer en avalant une gorgée de café.

Jerry redressa machinalement sa cravate et soupira :

— Dès que vous serez moins bousculée, appelez-moi au bureau, Laura. Et tâchez de boire moins de café.

Laura émit une réponse inintelligible, tandis que Matt raccompagnait Jerry à la porte. Partagée entre le fou rire et l'exaspération, la jeune femme plongea son visage dans ses mains.

— Eh bien, c'est du joli ! s'exclama Matt. Vous m'avez bel et bien laissé me débrouiller tout seul.

— J'ai oublié ce rendez-vous parce que j'avais trop de travail, rétorqua Laura avec toute la dignité qu'elle pouvait rassembler. Je ne vous ai rien demandé.

— Ingrate ! Je vous ai évité une brouille avec votre soupirant.

— Ce n'est pas mon soupirant !

— Vous le faites marcher, en tout cas !

— Quel mensonge !

Elle essayait de se lever mais ne put y parvenir.

— Nous sommes bons amis, ce qui est différent, et parfaitement d'accord sur ce point. J'ai de la sympathie pour lui, mais...

— Bon, coupa sèchement Matt, inutile de me décrire vos relations.

Il avait retrouvé son sourire ironique et son regard semblait fixé sur les lèvres qu'il venait de

71

meurtrir avec tant de passion. Il se pencha vers la jeune femme, mais elle le repoussa des deux mains.

— Je vais me coucher, déclara-t-elle.

— Excellente décision, s'écria Matt.

— Seule !

— Quel dommage ! Gâcher ainsi une si belle occasion !

Elle ne put s'empêcher de rire mais tressaillit quand il lui baisa la main. Tous deux savaient qu'il suffirait d'une seule étincelle pour les embraser de nouveau entièrement.

— Je ne veux pas profiter des circonstances, Laura, murmura Matt en se redressant. Si vous voulez éviter la migraine demain matin, prenez de l'aspirine et dormez. Nous avons du pain sur la planche !

A contrecœur, il se retourna et se dirigea vers la porte. Après un dernier regard à la jeune femme affalée sur le divan, il sortit sans bruit.

Chapitre 5

— Allez au diable, Bates ! bougonna Laura en se réveillant, seule, le matin suivant.

Elle se dirigea lentement vers la salle de bains, où le miroir lui renvoya l'image d'un visage blafard et bouffi. Un marteau lui battait les tempes.

De l'aspirine ! Bien sûr, Matt avait raison une fois de plus ! Elle se prit la tête à deux mains et se fit des reproches sanglants. Si elle n'avait pas bu quatre apéritifs... Si... Bref, elle méritait ce qui lui arrivait.

Mais il y avait pire : elle se souvenait de la flambée sensuelle qui l'avait précipitée dans les bras de cet homme. Elle s'était quasiment offerte et il se chargerait de le lui rappeler, au cas — bien improbable — où elle l'oublierait. Elle en avait pour des mois à supporter ses moqueries et ses sarcasmes.

Cependant... il fallait bien le reconnaître : ces brefs moments avaient eu un goût de bonheur merveilleux. Dans un éclair de lucidité, elle s'avoua qu'elle recommencerait bien ! Mais pour rien au monde elle ne devait se trahir.

Elle décida de ne pas se couvrir de ridicule en

tombant amoureuse de Matthew Bates. Evidemment, ils devraient travailler ensemble pour leur enquête, mais elle garderait ses distances. S'il se permettait d'évoquer son moment de faiblesse, elle le mettrait sur le compte de l'alcool.

Elle prit une douche et, la tête ruisselante, tenta de neutraliser son mal de tête. En vain. Et voilà que maintenant on sonnait à la porte.

Elle enfila son peignoir, et alla ouvrir en pestant.

— Bonjour, Laura !

Il entra avec le sourire et son regard la détailla tout entière.

— Jolie robe ! dit-il.

— J'ai trop dormi, je suis en retard, grommela-t-elle.

Il paraissait frais et dispos, l'air décontracté comme d'habitude.

— Vous avez déjà pris votre café ?

— Non, dit-elle, prête à se défendre en cas d'allusions moqueuses.

— Je vais le préparer.

Il se dirigea vers la cuisine, la laissant ébahie. Il ne s'était pas permis la moindre phrase ironique ou cinglante, alors qu'elle était sur le point de mordre ou de griffer.

Restée seule avec sa colère inutile, Laura retourna dans la salle de bains, plutôt décontenancée.

En préparant le café, Matt se remémorait la soirée de la veille. Pour ne pas rester dans son appartement, si près de la jeune femme qu'il aurait pu l'entendre derrière leur cloison commune, il avait pris sa voiture pour se rendre chez

Olivia Armand en quête de renseignements : il avait besoin d'entendre un autre point de vue que celui de Laura sur les Trulane.

Olivia l'avait reçu sur la terrasse, l'air enchanté mais avec un regard interrogateur.

— Tiens, tiens, voilà une soirée qui s'annonce intéressante, fit-elle remarquer.

— Ma chère, s'exclama Matt en baisant une main qui fleurait bon le jasmin, ma chère, je suis fou de vous.

— C'est ce que m'ont dit tous les hommes que j'ai rencontrés. Venez prendre un verre, Matt, et dites-moi si vous parvenez à amadouer ma petite-fille.

Matt évoqua la femme ardente qu'il avait tenue dans ses bras à peine une heure auparavant.

— Un peu, murmura-t-il.

— Eh bien, mon garçon, vous n'êtes pas dégourdi !

— Dans certains cas, il vaut mieux ne pas trop se presser. Où est Susan ?

— Aux prises avec mon journal intime qui doit horriblement la choquer.

— Que pensez-vous d'elle ?

Olivia but quelques gorgées d'alcool et les diamants de ses bagues étincelèrent quand elle leva son verre. Dans la douce lumière du crépuscule montaient les parfums mêlés du jardin.

— Elle est intelligente, bien élevée. Un peu émotive. Abattue par le chagrin, mais d'une bonne trempe.

— Elle affirme que sa sœur a été assassinée.

Olivia eut l'air étonné.

— La pauvre petite Anne a succombé à une morsure de serpent, dans les marais. Pourquoi Susan soupçonne-t-elle un meurtre ?

Matt fit un bref récit des événements de la journée. Le chant des crapauds s'élevait dans l'air tiède et une chauve-souris passa non loin d'eux, dans un vol ouaté, silencieux. Une brise légère apportait par bouffées des senteurs de magnolia. Comme il était loin de son New York natal !

— Tiens, murmura Olivia quand il se tut, l'affaire n'est donc pas aussi simple que le disent les Trulane. Eh bien, Matthew, tout cela est passionnant, mais vous ne me le racontez sûrement pas pour me distraire.

Quelle fine mouche ! pensa-t-il en souriant.

— J'aurais besoin de quelques informations sur les Trulane. Laura les présente sous un jour plutôt partial...

— Un peu de jalousie stimule le sang, murmura la vieille dame d'un ton sentencieux. Enfin, je vois ce que vous voulez dire. Allons nous promener au jardin et je vous dirai ce que je crois à propos des Trulane.

Matthew lui prit la main pour l'aider à se lever et fut surpris une fois de plus par sa grâce et sa légèreté. Elle ne se plaignait jamais des douleurs de la vieillesse. On comprenait facilement qu'elle ait été la coqueluche de toute la région, dans sa jeunesse et même dans son âge mûr.

— Marion a été envoyée en France pour parfaire son éducation, commença Olivia. On a parlé d'un chagrin d'amour mais elle n'en a jamais fait mention. Une main de fer dans un gant de velours : voilà ce qui définit le mieux son caractère. Très snob malgré ses œuvres de charité...

— Voilà un portrait bref et concis ! Je n'en attendais pas moins de vous.

— Je ne sais pas tourner autour du pot. J'aime bien Marion mais je préférais Charles. C'était un beau garçon, très rêveur : un artiste vraiment doué. J'ai une de ses aquarelles au salon. Il ressemblait beaucoup à sa mère. Quand j'ai appris qu'il avait enlevé sa belle-sœur, j'ai été très déçue.

Elle remarqua une lueur d'ironie dans les yeux de Matt et s'empressa d'ajouter :

— J'ai mes principes, Yankee ! Si la femme et le frère de Louis s'aimaient tellement, ils auraient dû l'avouer au lieu de filer comme des voleurs.

— Parlez-moi de Louis.

— C'est le premier amour de Laura. Ne faites pas cette tête, voyons ! On a bien le droit d'être romanesque une fois dans sa vie. Louis était charmant à cette époque. De plus, très dévoué à ses proches, prenant à cœur ses responsabilités dans l'entreprise familiale, sans être suffisant, ni collet monté. Je crois qu'il aimait beaucoup sa première femme et cette trahison l'a anéanti.

— Vous connaissiez Anne Trulane ?

— Non. Louis se montrait égoïste en la cachant aux yeux de son voisinage. Mais il était tellement traumatisé par sa première expérience ! Il avait quand même décidé, au bout d'un certain temps, qu'il donnerait une grande fête pour inviter tous ses amis et connaissances, et leur présenter sa femme. Il paraît qu'elle ressemblait à Elise.

— Et vous vous souvenez d'elle ?

— J'ai beau avoir deux fois votre âge, je n'ai pas perdu la mémoire pour autant.

— Ah, ma chère ! Vous êtes incomparable ! s'exclama Matt, plein d'admiration.

La vieille dame eut un petit rire de gorge et minauda :

— Même pour un Yankee ?

Apercevant Susan qui s'approchait d'un pas hésitant, elle l'appela :

— Venez, venez mon enfant. Comment avez-vous trouvé mon journal intime ?

— Très... pittoresque, répondit Susan en rougissant. Vous avez eu une existence... euh... bien remplie.

— Ne vous embarrassez pas de périphrases. Je suis une grande pécheresse mais j'ai beaucoup aimé... Voulez-vous un cocktail ?

— Non, merci. Matt, vous n'avez pas amené Laura ?

— Je ne tiens pas à ce qu'elle soit ici quand je fais la cour à Olivia ! dit-il en souriant.

Il reprit son sérieux pour interroger Susan :

— Dans ses lettres votre sœur mentionnait-elle quelques noms de son entourage, ou des faits insolites ?

Susan eut un geste désolé.

— Elle me parlait surtout de Louis et de la maison. De Marion, aussi, car elle l'aimait bien. Elle mentionnait quelquefois Binney, une domestique créole qui commandait tous les autres. En fait, Anne n'assumait pas encore le rôle de maîtresse de maison. Et puis nous n'étions pas habituées à être servies.

— Et en dehors de la famille ?

— A part Nathan Brewster, le comptable de Louis, personne ne venait chez eux. Mais Anne était timide et je crois qu'elle ne tenait pas beaucoup à le voir.

— Tiens, murmura Olivia, j'ai entendu parler de lui. Il a à peu près votre âge, Matthew. Un homme intelligent, mais coléreux.

— Susan, demanda Matt, auriez-vous une photo de votre sœur ?

— Oui, je vais aller la chercher.

Matt se tourna vers Olivia.

— Il paraît que les marais autour des Grands Chênes sont hantés. Le saviez-vous ?

— Pauvre ami ! Venant du Nord, il est évident que vous ne comprenez rien au surnaturel. En revanche, les créoles y sont habitués. Il y a toujours eu des fantômes dans ces marais.

Matthew s'installa confortablement dans son fauteuil.

— Je suis curieux d'entendre cette histoire.

— Une femme de la famille Trulane y retrouvait son amant en cachette. Personnellement, je préférerais un endroit plus confortable pour un adultère !... Un beau jour, le mari les a surpris, abattus de deux coups de fusil et jetés dans la vase pour qu'ils s'enlisent. Depuis lors on y entend des gémissements et parfois on aperçoit des lueurs tremblotantes. Très romanesque, pas vrai ?

— Oui et terrifiant pour une jeune femme impressionnable comme Anne Trulane.

Susan revint avec la photo qu'elle tendit à Matt.

— Elle date de l'année dernière, dit-elle, la gorge serrée.

Matthew observa attentivement les traits empreints de douceur et de timidité. Il ne pouvait s'empêcher de penser à ce que la jeune femme était devenue la nuit de sa mort.

— Ma parole ! s'exclama Olivia en lui prenant la photo des mains, on dirait la jumelle d'Elise !

A ce point de ses réminiscences, Matt entendit Laura sortir de la salle de bains et entrer dans sa chambre. Sans doute s'habillerait-elle avec soin pour le rendez-vous qui les attendait chez Louis Trulane. Matt porta le café sur la terrasse et l'attendit.

Quand elle le rejoignit elle le vit plongé dans ses pensées, avec la même expression d'intense concentration qu'il prenait pour rédiger ses articles.

— Matt... dit-elle à mi-voix.

Il sursauta.

— Ah, Laura ! Le café est chaud. Vous sentez-vous mieux ?

— Un peu. Je vais téléphoner chez ma grand-mère pour demander des nouvelles de Susan.

— Ne vous inquiétez pas. Je les ai vues toutes les deux hier soir.

Laura se figea, la tasse à la main.

— Matthew ! Vous êtes allé derrière mon dos récolter des renseignements pour mon enquête !

— Notre enquête, corrigea-t-il.

— Vous n'aviez rien à faire là-bas sans moi.

80

— J'adore Olivia, vous le savez bien. Et vous n'étiez pas en état de m'accompagner, hier soir... De plus, nous avions commencé la soirée de telle façon que...

— Je sais, je sais! L'alcool m'avait légèrement troublé les idées. Ne vous prenez surtout pas pour un don Juan.

— Une femme comme vous ne se laisserait pas séduire si facilement, n'est-ce pas, Laura ?

Il l'attira à lui et lui mordilla légèrement l'oreille.

Laura se sentait fondre dans ses bras.

— Parfaitement! Et je... oh...

Il prenait son temps pour passer de son oreille à sa bouche et Laura ne parvenait pas à le repousser. Elle savait que, s'il l'embrassait, elle perdrait tous ses moyens. Elle se ressaisit enfin et balbutia :

— Je sais bien que vous cherchez à me détourner de mon enquête.

Absurde! J'ai interrogé Olivia parce que je voulais des renseignements plus objectifs que les vôtres sur les Trulane.

Laura enrageait : ce diable d'homme avait raison, une fois de plus.

— Surtout, reprit Matt d'une voix douce, je ne voudrais pas que vos sentiments envers Louis soient pour vous une cause de chagrin.

— Ne vous mêlez pas de mes sentiments, rétorqua Laura sèchement. Je suis assez grande pour savoir ce que je fais.

Il aurait aimé la serrer contre lui et la bercer pour lui épargner toute souffrance. Mais il se raidit et, arborant son sourire habituel, il proféra calmement :

— Fort bien. Alors, allons-y.

L'air était très doux. Une brise parfumée entrait par les vitres baissées de la voiture. La nuque posée sur l'appuie-tête, les yeux fermés, Laura écoutait Matt lui raconter sa visite à Olivia.

— D'après l'ironie que je perçois dans votre voix, je devine qu'en bon Yankee vous ne croyez pas aux fantômes.

— Et vous ?

Elle mit un moment à répondre :

— N'oubliez pas que j'ai du sang créole. C'est un sujet que je n'aime pas aborder. D'ailleurs, il n'est pas question de fantômes mais plutôt d'une atmosphère. J'y suis allée dans ces marais. On y trouve des fleurs, de petites prairies, des hérons, des eaux dormantes, des roseaux. C'est très joli. Mais il y a également des serpents venimeux, d'horribles insectes, des ombres et des sables mouvants.

Elle frissonna.

— J'ai toujours eu horreur de ces endroits. Ils sont angoissants.

— Ce sont des souvenirs d'enfance ! décréta Matt en haussant les épaules.

— Je ne peux que vous décrire ce que je ressens. Et Anne Trulane semble avoir eu les mêmes sentiments.

— Peut-être. Mais, nous voici arrivés et nous allons parler à des êtres humains, non à des fantômes.

Les grands chênes qui encadraient l'allée avaient pris de l'âge et leurs branches s'ornaient de ces épaisses draperies que forme la mousse espagnole. La maison semblait émerger du XIXᵉ siècle sans avoir subi la moindre transformation.

Laura retrouva en un seul coup d'œil le spectacle familier de son enfance : les murs de brique rose patinés par l'âge ; les balcons de fer forgé au dessin délicat, aérien.

— Comme il y a longtemps que je ne suis pas venue ici ! murmura-t-elle, rêveuse.

Les souvenirs se pressaient en foule derrière ses paupières closes : des goûters d'enfants, avec des gâteaux glacés de rose, des robes légères ; des chevaliers sans armures...

Elle soupira, ouvrit les yeux et vit le regard de Matt fixé sur elle. Il fallait revenir à la réalité, à ses peines et ses plaisirs. Matt si près d'elle...

Laura ne comprenait plus ses réactions. La proximité de cet homme lui donnait envie de s'enfuir ou d'étendre le bras vers lui. S'il n'y avait eu qu'un attrait physique, peut-être aurait-elle pu se raisonner. Mais elle éprouvait une sensation différente, sans pouvoir la définir, un sentiment qui ne se laisserait pas écarter si facilement.

— Matthew, dit-elle quand ils se trouvèrent sur le perron de la vieille demeure, laissez-moi faire. Je connais bien Marion et Louis.

— Ils ont changé, Laura, et vous ne l'ignorez pas. Plusieurs années ont passé.

Il souleva le lourd heurtoir de bronze et le laissa retomber sur le vantail massif en acajou.

Une femme de haute stature, à l'aspect angu-
leux, leur ouvrit. Son regard ne fit qu'effleurer
Matthew mais son visage s'éclaira d'un sourire
en voyant la jeune femme.

— La petite demoiselle Laura !

— Binney ! Quel plaisir de vous revoir !

Josephine Binneford, dite Binney, n'avait
guère changé en une dizaine d'années.

— Eh bien, vous êtes devenue une vraie dame
et jolie avec ça, dit-elle avec admiration. Plus de
genoux écorchés ?

— Effectivement, cela ne m'est pas arrivé
depuis longtemps.

Elle leur fit signe d'entrer au salon et
murmura :

— Je vais prévenir Mlle Marion.

Eh bien, pensa Laura, les gens changent, mais
leur cadre reste immuable. Dans ce salon on
aurait pu se croire au temps des crinolines.

Le soleil pénétrait par de grandes fenêtres
encadrées de lourds rideaux en velours bleu roi.
Il faisait briller l'acajou poli des tables et les
facettes des vases en cristal. Il allumait des
reflets dans les yeux des personnages qui trô-
naient au centre de grandes toiles centenaires.

Matt observait Laura et lisait sur son visage
des émotions qui éveillaient sa jalousie. Comment se tournerait-elle un jour vers lui, alors
qu'une part si importante de son existence restait
liée au passé ?

— Il est bon de s'attendrir parfois sur les
souvenirs, Laura, mais il ne faudrait pas oublier
le présent.

Ses propres souvenirs ne méritaient que l'oubli : les cuvettes sous le toit percé, le carrelage glacé et l'assiette frugale. Il évoqua aussi la toux déchirante de sa mère et la promesse qu'il s'était faite de la sortir avec lui de cette misère. Mais quand il était enfin parvenu à une situation meilleure, c'était trop tard pour elle. Jamais, au grand jamais il n'en parlerait à cette jeune femme qui ne pouvait comprendre.

— Laura ! Désolée de vous avoir fait attendre !

Marion pénétra dans la pièce avec une grâce, une aisance acquises de longue date. Elle portait toujours des robes en tissu léger, de couleurs pastel, qui semblaient s'envoler à chaque pas. Laura se demanda une fois de plus comment une femme pouvait allier tant de beauté à une si parfaite assurance. Marion approchait de la quarantaine, mais son teint restait d'une perfection juvénile. Son ossature délicate révélait son origine aristocratique. Autour d'elle flottait un parfum léger, délicat.

— Marion ! Vous êtes merveilleuse !

Marion serra dans ses mains fines celles de la jeune femme.

— Laura, je ne t'ai pas revue depuis cette vente de charité, il y a deux mois. C'était curieux de te rencontrer dans tes fonctions de journaliste. Le métier te plaît ?

— Oui, c'est vraiment ma vocation. Je vous présente un collègue, Matthew Bates.

— Enchantée, monsieur Bates. Mais... il me semble que nous nous sommes déjà vus.

— Dans de tristes circonstances, mademoiselle Trulane : le jour où l'on a retrouvé votre belle-sœur.

Les yeux de Marion se voilèrent de chagrin.

— J'avoue que je me souviens mal de ce qui s'est passé ce jour-là. Asseyez-vous, je vous en prie. Louis ne va pas tarder : il est au téléphone. En fait, je suis contente de vous parler un moment avant qu'il n'arrive. Laura, tu n'as pas vu Louis depuis longtemps.

— Dix ans.

— Oui, dix ans, soupira Marion. Comme le temps passe ! Je n'ai plus reçu personne après le... départ de Charles et Elise. Et tu étais une enfant trop impressionnable.

— Je comprends, Marion.

— Au cours des années, Louis s'est aigri ; il est devenu sujet à des colères, des sautes d'humeur, des absences de mémoire.

— J'imagine ce qu'il a dû souffrir.

— Tu l'as toujours compris, Laura. Quand il est venu cette jeune Anne, nul n'a été plus surpris, plus content que moi. Elle a rendu à Louis sa santé mentale. Toutefois, elle était si jeune, si vulnérable, et Louis avait tant souffert qu'il a sans doute voulu trop la protéger.

Elle jeta un bref coup d'œil à Matt et reprit :

— Je vous dis cela en hâte, avant que Louis n'arrive, parce que je veux que vous compreniez son état d'esprit. Il a subi trop d'épreuves dans sa vie. S'il vous paraît froid et distant, ce n'est de sa part qu'une attitude pour se protéger.

Binney entrait avec le plateau de thé sur une table roulante.

— Laura, tu prends toujours autant de sucre dans ton thé ? demanda Marion avec un sourire.

— Hélas ! Oui. Oh ! Binney a fait les petits gâteaux que j'aime. Quelle chance !

Quand Laura mordit dans la pâte fondante, un flot de souvenirs jaillit en elle.

— Binney n'a pas changé, dit-elle. Ni la maison.

— Les changements sont plus visibles sur les occupants que sur la maison, constata Marion.

Quand Louis entra, Laura ne l'entendit pas mais devina sa présence. Elle posa sa tasse et, en se retournant, elle rencontra son regard.

Chapitre 6

Déjà dix ans ! Est-ce possible ?

Elle s'était cru bien préparée à la rencontre mais... Des fils gris striaient les tempes de Louis. Cela, elle pouvait l'accepter. Des rides profondes autour de ses yeux et de sa bouche : à la rigueur c'était supportable aussi. Mais les yeux ! Le regard... Les prunelles semblaient éteintes. Laura n'y retrouvait pas la chaleur, l'humour qu'elle avait tant aimés.

Trop maigre, il paraissait plus âgé que ses trente-six ans. Elle se leva et se dirigea vers lui, éprouvant un mélange de chagrin et de pitié.

— Louis !

Il lui prit la main et l'ombre d'un sourire effleura ses lèvres.

— Tu as grandi, Laura ! Pourquoi croyais-je retrouver une enfant ?

D'un doigt léger, il lui releva le menton. Elle avait envie de pleurer.

— On se doutait bien que tu deviendrais une beauté.

Elle lui sourit, souhaitant de toutes ses forces retrouver la vie dans son regard.

— Vous m'avez manqué, Louis !

Mais aucune lueur ne vint animer les prunelles de Louis. Il lâcha la main de Laura.

— Louis, dit-elle, je vous présente mon collègue, Matthew Bates.

— Nous nous sommes déjà rencontrés, déclara Louis froidement.

— Du thé, Louis ? proposa Marion.

— Non.

Marion parut insensible au ton sec de son frère. Il alla se placer près de la cheminée vide, au-dessous d'un grand portrait de sa mère.

— Eh bien, venons-en tout de suite à l'objet de votre visite et soyons brefs. J'ai accepté de vous recevoir en tant que journalistes pour mettre un terme aux rumeurs suscitées par Susan. Laura, tu peux me poser des questions. J'espère, comme autrefois, savoir y répondre.

— Louis...

Elle avait envie de s'approcher de cet homme blessé, de l'apaiser de son mieux. Mais elle ne pouvait rien pour lui alors qu'elle subissait toujours autant son emprise. Sans un geste, elle commença d'une voix blanche :

— Excusez-moi, Louis, d'aborder ce sujet délicat. Susan est certaine qu'Anne ne serait jamais allée seule dans les marais. De plus, elle avait une peur panique de l'obscurité.

— Elle s'imagine donc qu'Anne a été contrainte par un tiers. C'est absurde !

Laura dut faire un effort pour se rappeler sa mission de journaliste. Elle insista :

— Pour quelle raison Anne serait-elle allée seule, la nuit, dans cet endroit qu'elle redoutait ?

— Peut-être pour me faire plaisir.

D'un geste qui se voulait indifférent, il secoua les cendres de son cigare dans l'âtre vide.

— Elle commençait à trouver ridicule cette peur enfantine du noir. Quand elle était avec moi, elle ne demandait jamais à allumer la lumière de l'entrée, le soir.

Il releva soudain la tête et Laura retrouva sur son visage la légère arrogance qu'il arborait parfois dans sa jeunesse.

— Ces histoires de fantômes dans les marais alimentaient son imagination. Elle savait que cela m'agaçait, et tenait beaucoup à... mon approbation.

— Vous pensez qu'elle a pu se lever au milieu de la nuit pour aller dans les marais avec la seule intention de vous plaire ?

— C'est plus probable que de supposer un enlèvement dans la maison sans que personne n'entende le moindre bruit, ni les domestiques ni moi-même. Vous avez lu le rapport de la police, je pense.

— Oui.

Laura frissonna en évoquant la photographie.

— Alors inutile de revenir là-dessus, n'est-ce pas ?

— Votre femme avait-elle des insomnies ? demanda Matt.

Il remarqua une crispation soudaine dans les muscles de la mâchoire de Louis.

— Parfois. Surtout quand je travaillais tard le soir. Il lui semblait voir des lumières dans les marais.

— Quelqu'un d'autre les a-t-il vues ?

90

L'ombre d'un sourire erra sur les lèvres de Louis.

— Oh, depuis des années, des douzaines de gens affirment avoir vu ces lumières! Surtout après quelques verres de whisky.

Ce fut au tour de Marion de prendre la parole.

— Monsieur Bates, Anne éprouvait non seulement de la peur, mais aussi de la fascination pour ces marais. C'est un mélange assez courant chez les gens nerveux et sensibles. Elle en avait conçu une véritable obsession. C'est nous qui sommes coupables de ne pas avoir pris suffisamment au sérieux cette tendance légèrement morbide. Elle était si jeune! Si nous l'y avions emmenée de jour, peut-être n'aurait-elle pas fait l'effort d'y aller de nuit.

— Marion, pensez-vous réellement qu'elle était capable de sortir seule dans l'obscurité?

— Mais c'est la seule explication plausible, Laura! Nous l'aimions tous tellement.

— Tout cela n'a plus guère d'importance, conclut Louis d'un ton las. Anne n'est plus là. Ni ses lettres ni Susan ne changeront rien à la situation.

— On a volé les lettres dans la chambre de Susan, annonça Laura.

Louis haussa les épaules.

— Quelle sottise! Elle ne se rappelle pas où elle les a mises.

— Monsieur Trulane, dit Matt, si vous voulez bien me permettre une question... Vous étiez marié depuis un an et aucun de vos voisins n'avait vu votre épouse. Pourquoi?

— Cela ne concerne que moi.

Laura fit un pas vers lui :

— Louis, je vous en prie... Nous cherchons seulement à comprendre.

— Comprendre ? Comment le pourrais-tu ? Anne était si jeune ! A peine sortie de l'adolescence. Un peu comme toi, la dernière fois que je t'ai vue. Mais elle était loin d'avoir ton assurance. Je me rendais compte que nous n'étions vraiment pas de la même génération et je n'avais pas envie de partager sa présence avec les gens de mon entourage.

— N'était-ce pas un manque de confiance ?

Comme Louis ne répondait pas, Matt ajouta une remarque probablement calculée pour le faire sortir de ses gonds.

— Elle ressemblait étrangement à votre première femme.

Louis se contenta de serrer les poings et de tourner les talons. Il sortit de la pièce dans un silence glacial.

— Il faut l'excuser, balbutia Marion un peu gênée. Les comparaisons entre Anne et Elise le touchent au vif.

— On ne peut guère s'empêcher d'en faire : physiquement, c'est frappant.

— Pas seulement sur le plan physique, en réalité, renchérit Marion. Mais c'est un sujet délicat.

— Que pensez-vous de Nathan Brewster ? demanda Laura à brûle-pourpoint.

Marion maîtrisa sa surprise et répondit avec naturel :

— C'est un des comptables du domaine.

Matt échangea un regard avec Laura avant d'expliquer :

— Il se trouve qu'Anne parlait de lui dans ses lettres à Susan.

— Oh! je comprends : il venait parfois à la maison pour affaires et la pauvre enfant ne rencontrait pas grand monde.

Elle se leva, mettant fin à l'entretien avec un sourire poli.

— Je regrette de n'avoir pu mieux vous aider, mais sans doute pourrez-vous rassurer Susan à présent.

— J'espère que vous ne m'en voulez pas, Marion, d'avoir dérangé Louis, déclara Laura en serrant la main de son hôtesse.

En silence, Matt et Laura reprirent leur voiture et s'éloignèrent du domaine. Au bout d'un long moment, il freina, se rangea sur le bord de la route et lâcha un juron entre ses dents serrées.

— Ça suffit, Laura.

Elle gardait les mains sur les genoux et ne le regardait pas.

— De quoi parlez-vous ? murmura-t-elle d'un ton las.

— Cessez de pleurnicher intérieurement.

— Oh, Matthew ! Il avait l'air si malheureux... Et il a tellement changé. Je ne m'attendais pas à le voir ainsi.

Matt maudit intérieurement toute la tribu des Trulane et passa un bras autour des épaules de Laura. Elle se laissa faire et il la serra contre lui comme une enfant, lui caressant les cheveux en un geste apaisant.

Elle se taisait, les yeux fermés, écoutant chanter les oiseaux dans l'air calme du soir.

— Vous le voyez sous les traits d'une victime, Laura. La vie nous inflige à tous des épreuves. Il faut savoir les affronter.

— La perte d'un être cher est une blessure que la volonté ne saurait guérir.

Il préféra ne pas discuter pour ne rien ajouter à son chagrin et la laissa reposer, la tête sur son épaule, attentif à son souffle qui s'apaisait.

Quand Laura releva la tête, elle lut une étrange intensité dans son regard. Mais il ne la laissa pas parler et, pour mieux lui imposer le silence, posa ses lèvres sur les siennes.

Dans ce baiser, elle sentit un désir brûlant, une profonde frustration et un besoin éperdu de se faire comprendre. Incapable de résister à cet appel, la jeune femme comprit que ses sens répondaient pour elle. Impérieux, ils l'obligeaient à accepter la vie, le présent, et à oublier le passé et la mort. Cependant, son esprit résistait encore. Quand elle put se dégager, le souffle court, elle haleta :

— Matthew... je... c'est trop tôt pour moi...

Vibrant d'impatience et de désir exacerbé, Matt insista :

— Laura, vous pensez trop. Laissez-vous aller.

Elle hocha la tête.

— Je ne sais pas. Je ne sais plus. Vous me troublez. Je n'ai jamais désiré un homme jusqu'à présent. Pourquoi faut-il que ce soit vous ?

— Eh bien, c'est moi, voilà tout. Il faut vous y habituer. Vous dites que vous n'avez jamais désiré un homme ? Vous êtes donc...

Elle ne le laissa pas finir sa phrase.

— Ne tirez pas de conclusions hâtives. Je ne suis pas une oie blanche.

Je n'en suis pas si sûr, songea Matt. Mais voilà qui change tout. Insensiblement, il relâcha son étreinte.

— Eh bien, Laura, je serai l'amant que vous n'avez pas encore eu. Mais rien ne presse.

— Encore votre incorrigible arrogance !

— Nous reviendrons à ce sujet plus tard, si vous voulez bien. Parlons plutôt d'Anne Trulane.

Il reprit le volant et démarra, tandis que Laura, la mâchoire crispée, retenait les insultes qui lui montaient aux lèvres. Ils avaient un travail à faire, après tout.

— Disons que Louis l'a épousée parce qu'elle ressemblait à sa première femme. Je ne sais si on peut appeler cela de l'amour, mais là n'est pas la question. Toujours est-il qu'il la gardait jalousement pour lui tout seul, car il ne lui faisait pas confiance.

— Chat échaudé...

— Sans doute, sans doute... Et il a avoué qu'il se sentait beaucoup plus âgé qu'Anne. Celle-ci s'est peut-être révoltée...

— Vous insinuez que Louis peut l'avoir tuée par jalousie, motivée ou non. C'est ridicule ! Louis est incapable de violence.

— Comment le savez-vous ? Vous disiez vous-même ne pas le reconnaître, aujourd'hui.

— De toute façon, votre théorie ne tient pas. Anne est morte entre deux et quatre heures du matin. Et Louis a alerté la maisonnée entre deux et trois heures.

— Il l'avait peut-être emmenée lui-même dans les marais. Sans doute n'avait-il pas l'intention de la tuer, seulement de lui faire peur en l'abandonnant seule, dans la nuit.

Quand ils furent arrivés en ville, Matt se tourna vers Laura et annonça :

— Maintenant, une petite visite à Nathan Brewster. Avez-vous remarqué que Marion ne tenait pas à parler de lui ?

— Oui, c'est vrai. Ce serait intéressant de découvrir pourquoi.

Quand ils furent devant l'immeuble qui abritait les bureaux de l'entreprise Trulane, Laura entra avec assurance, suivie de Matthew.

— Laura Armand et Matthew Bates du *Herald*, dit-elle à la réceptionniste. Nous aimerions voir M. Brewster.

— Vous avez un rendez-vous ?

— Non, dites à M. Brewster que nous voudrions le voir au sujet de la mort d'Anne Trulane.

— Si vous voulez vous asseoir, je vais aller lui demander...

— Eh bien, Laura, quelle audace ! s'exclama Matt estomaqué. Un vrai style de reporter !

— Cela m'a ouvert bien des portes, rétorqua-t-elle en riant.

— M. Brewster va vous recevoir.

La réceptionniste les précéda dans un long couloir sur lequel donnaient de nombreuses portes.

La première impression de Laura fut de se trouver devant un séducteur. Le cheveu noir et l'œil de velours, il portait beau et le savait.

— Madame Armand, monsieur Bates, asseyez-vous, je vous en prie. Vous veniez me parler d'Anne Trulane ?

— Oui. Votre coopération nous serait nécessaire, si vous n'y voyez pas d'inconvénient. Notre journal désire compléter l'enquête sur sa mort.

— Je ne vois pas en quoi cela me concerne.

— Vous êtes une des rares personnes à avoir rencontré cette jeune femme après son mariage. Pourriez-vous nous confier vos impressions ?

— J'allais chez M. Trulane pour affaires et j'ai à peine vu son épouse. Elle était très timide.

Matt observait le comptable dont les doigts jouaient nerveusement avec un crayon. Malgré les réticences de l'homme, il insista :

— Cependant, Anne parlait de vous dans ses lettres à sa sœur, Susan.

Le crayon se brisa avec un bruit sec.

— Susan est persuadée que la mort d'Anne n'avait rien d'accidentel, ajouta-t-il.

Matt vit bouger la pomme d'Adam du comptable quand il avala péniblement sa salive.

— Elle est morte d'une morsure de crotale, bredouilla-t-il.

— Dans le marais, intervint Laura. Saviez-vous qu'elle avait terriblement peur de cet endroit ?

Brewster lança un regard courroucé à Laura.

— Comment l'aurais-je su ?

— D'après vous, pourquoi se serait-elle aventurée, la nuit, en un pareil endroit ?

Au comble de l'exaspération, Brewster explosa :

— Peut-être qu'elle ne supportait plus d'être

enfermée et qu'elle voulait sortir n'importe où, n'importe quand !

— Enfermée ! répéta Laura stupéfaite. Vous insinuez que Louis la séquestrait ?

— Je ne vois pas d'autre terme.

Il semblait vouloir broyer entre ses mains les deux morceaux du crayon brisé.

— Des jours, des semaines, des mois à ne rencontrer personne d'autre que les domestiques. Et un homme qui surveillait en permanence ses moindres mouvements. Elle ne pouvait rien entreprendre sans lui en parler. Elle n'a jamais mis les pieds hors du parc sans qu'il l'accompagne.

— Vous a-t-elle confié qu'elle était malheureuse ? s'enquit Laura, bouleversée.

— On le serait à moins, répondit Nathan Brewster. Trulane la traitait plus comme sa fille que comme son épouse. Elle avait besoin de quelqu'un qui voie en elle une femme.

— Vous par exemple ? interrogea Matt doucement.

Brewster semblait lutter contre la colère. Il finit par avouer d'une voix rauque :

— Je la désirais. Depuis le premier jour où je l'ai vue sur la pelouse, au soleil. Je l'aimais comme jamais Trulane ne l'aurait aimée.

— Elle vous rendait cet amour ?

Brewster s'empourpra.

— Elle l'aurait quitté. Elle ne serait pas restée toute sa vie dans ce... caveau !

— Et c'est vous qu'elle aurait rejoint ? murmura Laura.

— Un jour ou l'autre, sans doute.

Il tourna vers Laura un regard désespéré et continua d'une voix éteinte :

— Je lui ai dit qu'elle n'était pas obligée de se laisser enfermer et que je l'aiderais à en sortir. Et qu'il valait mieux être morte que...

— Que vivre avec Louis, termina Laura en poussant un profond soupir.

— Vous avez dû souffrir comme un damné de cette situation impossible, dit Matt avec sympathie.

— Anne connaissait mes sentiments, laissa tomber Brewster dont les épaules s'affaissèrent. A quoi bon en parler désormais ? Elle est morte. Cet endroit l'a tuée. Ou c'est lui qui l'a tuée.

Il les défia du regard.

— Et vous pouvez imprimer tout cela dans votre journal, je m'en moque.

— Vous affirmez que Louis Trulane a tué sa femme ? insista Matt.

— Aussi sûrement qu'avec une arme.

Il ouvrit les mains et laissa tomber les fragments de crayon.

— Elle a fini par le quitter. Mais ce n'est pas vers moi qu'elle est venue.

Il serra les poings.

— Et maintenant, allez-vous-en. Laissez-moi.

Quand ils se retrouvèrent dehors, Laura s'exclama :

— Le pauvre homme ! Comme c'est triste ! Je comprends qu'Anne ait été troublée par lui.

— Décrivez-moi les réactions d'une femme devant ce personnage.

— Il exerce une fascination un peu sauvage. Sa virilité passionnée doit s'avérer irrésistible pour certaines femmes parce qu'il s'y ajoute une sorte de crainte. Anne Trulane devait se méfier de lui.

Elle eut un rire bref et se passa la main dans les cheveux.

— Je ne suis pas psychologue, mais il me semble que ce n'était pas son type d'homme. Il a dû lui déclarer son amour, la supplier de quitter Louis. Elle en a éprouvé plus de répulsion que d'attrait. Tout au plus a-t-elle été flattée.

— Flattée ? s'étonna Matt.

— Réaction féminine, expliqua brièvement Laura. Anne aimait son mari, mais ne savait comment repousser les avances de cet homme. Je comprends qu'elle en ait parlé à sa sœur dans sa correspondance. Mais maintenant, je laisse libre cours à mon imagination !

— Allez-y, l'encouragea Matt.

— Voilà le scénario tel que je le construis. Ce soir-là Louis travaille tard ; Brewster le sait et donne rendez-vous à Anne. Elle accepte et ils se disputent parce qu'elle refuse de quitter Louis. C'est un être passionné. Il l'oblige à le suivre dans l'obscurité. Elle a peur de lui, des ténèbres. Elle s'arrache à son étreinte, s'enfuit et se retrouve dans les marais sans s'en apercevoir. Elle se perd. Brewster ne peut ou ne veut pas la retrouver. Et alors...

— Intéressant, murmura Matt. Et plausible. Si seulement on pouvait récupérer ces fameuses lettres ! Si elles n'avaient rien contenu de compromettant, on ne les aurait pas volées. Enfin, du moins, le marais est toujours là. Peut-être y trouverons-nous un indice.

— Ce soir ? demanda Laura avec un frisson.

— Vous avez peur ? s'enquit Matt sans animo-
sité.

Elle releva le menton avec défi.

— C'est mon enquête, Bates. Je ne vous lâche
pas.

— Notre enquête, corrigea-t-il une fois de plus.
En fait, je pense que nous n'y trouverons que
d'horribles insectes et des coins très marécageux.

— Eh bien, je propose que nous commencions
par aller déjeuner... et acheter de la crème contre
les piqûres de moustiques. Et puis il faudrait
faire un petit tour dans les archives du journal.
Certains renseignements peuvent nous fournir
une autre piste. Pour le moment, j'ai le sentiment
que nous sommes dans une impasse.

Chapitre 7

Laura et Matt passèrent plus d'une heure dans la salle des archives du *Herald* à feuilleter un grand nombre de journaux anciens et d'articles classés.

Le nom de Brewster attira leur attention dans un numéro datant de deux ans. Un fait divers signalait une scène de violence dont Brewster était le héros involontaire. Il avait été inculpé de coups et blessures pour avoir brisé une partie du mobilier d'un bar, des côtes et quelques dents !

Soudain, Laura vit Matt griffonner rapidement dans son carnet. Elle lança un coup d'œil par-dessus son épaule. En vain, elle ne put rien déchiffrer.

— Vous avez découvert quelque chose, Matt, et vous me le cachez. C'est pourtant vous qui répétez sans cesse que nous sommes deux sur cette affaire.

— Ce n'est qu'une intuition, Laura, je vous en parlerai plus tard. Bon, maintenant je crois que nous ne trouverons plus rien d'intéressant. J'ai quelques coups de téléphone à donner.

Dans l'ascenseur, Matt eut du mal à supporter le reproche muet qu'il lisait dans le regard de

Laura. Il voulut lui prendre le bras, mais n'insista pas quand elle se dégagea.

Arrivés dans la salle de rédaction, ils reprirent leurs places respectives, l'un en face de l'autre et s'absorbèrent dans leur travail. Matt décrocha son téléphone plusieurs fois de suite, mais il régnait un tel brouhaha autour d'eux que Laura ne put saisir ce qu'il disait. De plus, il prenait des notes avec des abréviations très personnelles, indéchiffrables pour autrui, surtout à l'envers ! Mais soudain, elle l'entendit mentionner le nom d'Elise Trulane !

Elle comprit qu'il suivait une piste intéressante dont il l'écartait délibérément.

Je me demande ce qu'il manigance, se dit-elle, tandis qu'il continuait à aligner fiévreusement des mots sur son calepin. Voyait-il un lien entre la trahison de la première épouse et le meurtre de la deuxième ? Ou bien la ressemblance physique entre les deux femmes lui fournissait-elle une solution au problème soulevé par l'attitude de Louis ?

Une idée incongrue lui traversa l'esprit : se pouvait-il que Louis ait cherché à se venger d'Elise sur la personne d'Anne ? Mais non, c'était invraisemblable ! Louis n'était pas... Louis ne pouvait...

Matt avait raccroché. D'un geste machinal, il tapotait la table de son crayon, le regard pensif.

— Qu'est-ce que vous manigancez, Matthew ?

Il saisit le crayon entre ses doigts minces et nerveux. Elle se rappela la violence contenue dans ce même geste chez Brewster. Matt avait de belles mains que l'on devinait habiles et vigoureuses. Elles reflétaient son caractère : efficace et énergique. De ses mains, le regard de Laura se porta sur son visage. Curieuse habitude qu'elle prenait d'essayer de deviner ses pensées d'après son expression !

— Matt, répéta-t-elle, en se rendant compte qu'il n'avait rien entendu, vous avez trouvé quelque chose ?

— Il semble que les deux épouses Trulane aient eu plus de traits communs qu'on aurait pu le supposer.

Il laissa tomber le crayon sur la table et prit une cigarette.

— Toutes deux n'avaient qu'une seule parente au monde. Pour Elise, une tante : je viens de lui parler.

— Pourquoi ?

— Pure curiosité. Elle dit que sa nièce était timide, effacée même. Elle aimait Les Grands Chênes et, à la différence d'Anne, elle jouait son rôle de maîtresse de maison. Elle aimait arranger son intérieur, recevoir, préparer des menus, etc. La tante a trouvé très étonnant qu'elle disparaisse avec son beau-frère. Elle croyait Elise très heureuse avec Louis. Elle n'a plus jamais eu de ses nouvelles.

— Cela ne signifie pas grand-chose. Une femme peut avoir une vie sentimentale cachée, même aux yeux de sa famille. Je ne pense pas qu'Elise aurait fait des confidences à sa tante au sujet de sa liaison avec Charles.

— Peut-être pas. La tante m'a donné un indice curieux. Elise devait hériter de cinquante mille dollars le jour de son vingt et unième anniver-

104

saire. Or, elle a disparu juste avant cet anniversaire.

Il s'interrompit et ajouta lentement :

— Cette somme n'a jamais été réclamée.

Une multitude de suppositions prit naissance dans le cerveau en ébullition de Laura.

— Sans doute craignait-elle de mettre Louis sur sa trace en prenant possession de son héritage.

— Cinquante mille dollars ! Un argument qui doit balayer pas mal de peurs !

— De toute façon, je ne vois pas le rapport entre cette histoire et la mort d'Anne.

Le regard que lui attira cette remarque était très calme, très direct.

— Mais si, vous voyez très bien.

Elle blêmit, décontenancée. Matt se raidit.

— Pour le moment, concentrons-nous sur l'expédition de ce soir, décida-t-il. Un peu de repos à la maison avant de partir ne nous ferait pas de mal.

Laura refusait de penser aux implications que soulevait l'idée de Matt ; ainsi qu'aux mystères nocturnes des marais. Pour rien au monde elle n'aurait voulu passer pour une poltronne aux yeux de son partenaire. Elle était décidée à affronter cette épreuve.

Dans la voiture Matt se contenta d'une conversation à bâtons rompus sur des sujets anodins. Si l'attitude indulgente et romanesque de Laura envers son amour d'adolescente l'agaçait, il n'en montra rien. Une de ses qualités, utile dans son métier de reporter, résidait dans son habileté à camoufler ses réactions personnelles. Il parlait d'une voix calme, conduisait sans s'énerver, mais parfois un muscle de sa mâchoire se crispait.

— Un petit somme, soupira Laura, quand ils garèrent la voiture pour se diriger vers leur immeuble. Voilà ce à quoi j'aspire après ces deux interminables journées.

— Et avant ce qui risque d'être une nuit fertile en émotions.

Elle lui sourit, pour la première fois depuis qu'ils avaient quitté les locaux du journal.

— A quelle heure le départ du safari ?

— Minuit, c'est l'heure du crime...

Il lui effleura les cheveux d'une caresse.

— Quels sont les moyens efficaces pour lutter contre les fantômes ?

— Le bon sens.

— Oh, soupira-t-elle, comme c'est peu romanesque !

Ils étaient arrivés devant l'appartement de Laura. Surprise, elle aperçut un paquet déposé près de sa porte.

— Un cadeau de ce cher Jerry, ironisa Matt.

Elle chercha en vain une réplique cinglante et se contenta de prendre ses clés dans son sac. Puis elle lui ferma carrément la porte au nez.

Déçu, il rentra chez lui. Cette femme le rendait fou. Elle devait être aveugle pour ne pas s'en apercevoir.

Il se rappela le visage, les merveilleuses prunelles vertes qui l'avaient frappé au cœur, le jour où Karl avait déposé la photo de Laura sur son bureau dans leur chambre d'étudiants.

— Ma sœur, avait-il expliqué. Elle écrit quel-

106

ques articles pour le journal paternel pendant les vacances.

Et Matt n'avait rien dit, le souffle coupé, se traitant de tous les noms. Lui qui finissait ses études universitaires ; lui qui en avait tant vu dans la vie ; lui qui se targuait d'expérience... voilà qu'il tombait amoureux fou d'une gamine de quinze ans qu'il ne connaissait même pas. Impossible. Incroyable.

D'un geste violent, il ouvrit la porte de la cuisine, saisit une bouteille de jus d'orange dans le frigidaire et but avidement au goulot.

Il s'était remis, ou avait cru se remettre de ce coup de foudre insensé. Mais, des années plus tard, lorsque William Armand, le père de Karl, lui avait écrit pour lui proposer un poste de reporter au *Herald*, Matt avait accepté sans hésiter, ni s'interroger sur les raisons de sa décision.

Il se dit qu'il aurait retrouvé son calme si ce beau visage avait abrité une certaine dose de sottise. Ou d'insignifiance. Et surtout s'il n'avait pas occupé, une année durant, un bureau juste en face de celui de Laura. Il avait eu le loisir de constater qu'elle n'était pas seulement belle, mais merveilleuse en tout point. La femme idéale !

Toujours décidé à la conquérir, il savait désormais qu'elle manquait d'expérience amoureuse. Il faudrait passer par toutes les étapes requises : une cour assidue, des contacts discrets, des dîners intimes aux chandelles. Cependant le désir ne lui laissait plus de repos.

Elle serait à lui, en dépit de leurs différences

sociales. Il avait bien réussi à vaincre son passé, à sortir de son milieu...

Oui, Laura lui appartiendrait...

C'est alors qu'il entendit le hurlement.

Il ne devait pas se rappeler, plus tard, comment il s'était rué hors de chez lui pour sonner chez elle ; comment il avait enfoncé la porte parce qu'elle continuait à hurler et ne lui ouvrait pas.

Jamais il n'oublierait cette vision de Laura, pétrifiée au milieu de la pièce, les mains à la gorge, les yeux fous dans un visage exsangue.

— Laura !

Il l'attrapa aux épaules, la secoua. Elle était raide comme une statue.

— Laura ! Mais enfin, qu'y a-t-il ?

Comme son cœur battait vite ! Sur sa peau glacée, une sueur visqueuse.

— La boîte, balbutia-t-elle d'une voix blanche. C'est dans la boîte !

Sans la lâcher, il se retourna pour regarder à l'intérieur du coffret, posé sur la table. Il poussa un terrible juron.

— Ne craignez rien, Laura. Il est mort. Il ne peut pas vous faire de mal.

Tremblant de fureur, il souleva d'un doigt le corps glissant du serpent.

— Vous voyez bien, il est mort, répéta-t-il.

Mais elle restait rigide, les prunelles agrandies par la terreur. Elle haletait.

— Matthew... je vous en prie...

Sans un mot, il referma la boîte et l'emporta sur le palier. Il revint au bout de quelques secondes et la trouva appuyée des deux mains sur la table, le corps secoué d'affreux sanglots. Il l'enveloppa dans ses bras et s'assit sur le divan pour la prendre sur ses genoux comme une enfant.

Alors, elle fut secouée de tremblements.

Cinq minutes se passèrent... dix... Il ne disait toujours rien et se contentait de la garder serrée contre lui. Elle sanglotait, la tête sur son épaule. Elle paraissait tellement fragile ! Il ne l'aurait jamais imaginée ainsi : totalement désemparée, sans défense. Les dents serrées, Matt se promit de faire payer cher à son auteur cette sinistre plaisanterie.

A l'abri. Elle se sentait à l'abri, protégée, bien que la peur fût tapie au fond de sa conscience. Elle posa la main sur la poitrine tiède de Matt dont elle entendait battre le cœur si rassurant.

— Désolée... bredouilla-t-elle en se cramponnant à lui.

— Ce n'est rien, murmura-t-il en lui caressant les cheveux. N'y pensez plus.

— Impossible... Je...

Le tremblement, les sanglots convulsifs persistaient.

— Attendez, je vais aller vous chercher un cognac.

— Non ! Ne me lâchez pas.

Honteuse de sa faiblesse, mais incapable de se priver, fût-ce un instant, de cette chaleur réconfortante, elle crispa les poings sur la poitrine de Matt.

— Aussi longtemps que vous voudrez.

Il l'entendit soupirer, sentit ses doigts se détendre. Les minutes passèrent, dans un tel silence qu'il la crut endormie. Son souffle s'était calmé et sa peau reprenait une tiédeur normale. Quant à lui, il aurait pu la tenir ainsi pendant des jours et des nuits.

— Matthew...

C'était un murmure, à peine audible. Elle avait relevé la tête pour le regarder. Il la trouva pâle encore, cependant l'expression n'était plus hagarde.

Délicatement, du bout de l'index, il suivit les contours de son visage. Elle lui saisit la main et y posa ses lèvres. Une bouffée de chaleur infiniment douce envahit le cœur de Matt. Il n'identifia pas la tendresse, mais elle la lut dans ses prunelles.

Elle comprit que c'était cela qu'elle attendait. La tendresse. Voilà ce qui lui manquait. S'il lui demandait maintenant... Mais il ne demanderait pas. C'était à elle de prendre l'initiative.

— Faites-moi l'amour, Matt...

— Laura...

Il ne voulait pas profiter de sa faiblesse passagère. Il aurait préféré entendre ces paroles en d'autres circonstances! Il protesta, sans conviction :

— Il vous faut du repos.

Je le croyais plus sûr de lui, songea-t-elle. Peut-être est-il aussi troublé que moi en ce qui concerne nos relations.

— Matthew, je sais ce que je dis. Je voudrais que nous fassions l'amour. J'en ai envie depuis longtemps.

Pour prévenir toute discussion, elle posa ses lèvres sur les siennes.

Sans doute aurait-il réussi à maîtriser son propre désir. Mais comment résister à celui de Laura ? Avec un gémissement étouffé, il l'attira contre lui. Son baiser fut éloquent.

Elle se révéla fragile, souple et fondante dans ses bras. Légère comme un mirage qu'il aurait poursuivi des jours et des nuits durant. Mais maintenant il la tenait, oui, étroitement serrée contre lui. Et son baiser se fit plus profond, plus passionné, tant il avait besoin de se rassurer sur sa présence.

Le goût de sa bouche était bien réel, n'avait rien d'un rêve. Son parfum, le contact de sa peau tiède, enflammaient ses sens. Il ne pouvait plus empêcher ses lèvres, ses mains, de suivre les courbes si douces, si prometteuses de félicités innombrables.

— Laura...

Il dénuda une épaule ronde avec l'envie d'y mordre comme dans un fruit.

— Laura... j'ai un tel désir de vous que j'en souffre...

Il avait beau essayer de contrôler sa hâte, ses mains avaient déjà retiré le corsage. Maladroite, éperdue, Laura essayait de l'aider. Mais il se redressa brusquement.

— Pas ici.

Il l'enleva dans ses bras et la porta dans sa chambre.

Des rais de lumière filtraient à travers les persiennes closes. Il la posa sur le lit.

— Je serai tendre...

Elle sourit et fixa sur lui le regard éblouissant de ses yeux verts.

— Je sais.

Il s'allongea auprès d'elle. Ce sera facile, se dit-elle. Elle aurait bien dû se douter qu'avec lui il ne pouvait en être autrement.

Elle posa une main délicate sur le dos musclé, le caressa du bout des doigts, puis de la paume. Elle en avait envie depuis si longtemps !

De ses lèvres avides, il fit connaissance avec ce corps tant désiré qui l'accueillait, brûlant, frémissant...

Les doigts perdus dans la chevelure de la jeune femme, il couvrit de baisers avides son cou et ses épaules. Tantôt ses lèvres, tantôt le bout de sa langue parcouraient cette chair qui s'offrait.

Elle ne s'entendait pas gémir, murmurer des mots sans suite et ne se doutait pas qu'elle aiguisait ainsi son désir déjà exacerbé.

Une sorte de désespoir commençait à percer sous la douceur des caresses. Elle le devina, voulut le rassurer, se pressa encore plus contre lui.

Quand il lui dénuda le buste, elle éprouva une tension inconnue qui lui durcit les seins et lui enflamma le sang. Tout en elle se tendait vers lui ; elle se cambra, s'offrit.

Cependant il refusait de céder à la hâte. Ses mains faisaient chanter, vibrer, mais ne donnaient pas encore ce qu'elles promettaient.

Lentement, il la dévêtait et ses lèvres découvraient aussitôt ce que les vêtements avaient dissimulé. Quand il entendit s'accélérer follement le rythme de sa respiration, il sut qu'elle ne se dominait plus.

Haletante, elle mendiait l'aboutissement de ce

plaisir qui palpitait tout proche et ne se laissait pas encore saisir. Les pensées en déroute, elle n'était plus que sensations. Elle maîtrisait de moins en moins les mouvements de son corps qui semblait trouver instinctivement les rythmes propres à exciter le désir de l'homme. Le feu qui la brûlait se communiquait à lui. D'ailleurs, plus aucun vêtement ne séparait maintenant leurs corps avides d'un assouvissement total.

Matt tenait entre ses bras une créature de braise, serpentine, lascive, qui le voulait, l'appelait, se déchaînait dans l'attente. Maintenant, enfin, il savait qu'elle était sienne, qu'il pouvait tout exiger d'elle. Mais dans un éclair de lucidité il se rappela son innocence qu'il fallait ménager, malgré son abandon de jeune animal fougueux.

Les lèvres, les mains de Laura l'obligeaient à préciser ses caresses et il savourait chacun des élans qu'il suscitait en elle. Soudain, elle releva ses paupières restées closes depuis le début de leur étreinte. Son regard semblait étonné et il comprit avec certitude que personne, jamais, avant lui, ne lui avait offert le merveilleux cadeau du plaisir partagé. Personne.

Il nicha son visage au creux du cou tiède où battait une veine affolée et ne résista plus à la vague qui les emportait, les roulait, les anéantissait pour les faire mieux revivre. Toutefois, il se garda bien de n'obéir qu'aux exigences de son propre désir, tant il souhaitait satisfaire, doucement, sans la heurter, cette femme aimée.

Elle dormait. Matt restait étendu à ses côtés et observait les traits de lumière qui filtraient entre les lattes des volets. Ils étaient passés du rose au gris et, maintenant, c'était le clair de lune qui zébrait la chambre d'un blanc d'argent. Epuisé, pensif, Matt récapitulait les événements des mois écoulés.

Il avait cru que, en la possédant, il serait libéré de l'emprise de cette femme si longtemps désirée. Mais, allongé auprès d'elle, avec sa tête légère et confiante posée sur son épaule, il savait qu'il ne pourrait plus jamais se passer de sa présence, de sa chaleur.

Cependant, il ne voulait pas se contenter de cette domination physique. Mais saurait-il éveiller en elle l'amour avec le même succès que le désir ? En aurait-il la patience, l'humilité ?

Il la regarda avec tendresse : sa peau d'une finesse et d'une transparence de porcelaine, les longs cils qui ombrageaient les joues, l'ossature délicate... Et sous cette enveloppe fragile, un esprit indomptable, énergique, ambitieux. Il reconnaissait en elle son égale. Ensemble ils formaient une équipe. Indissoluble.

Dans un élan d'amour, il pressa ses lèvres contre les siennes et Laura s'éveilla dans une brume enfiévrée. A nouveau, les mains de Matt couraient sur son corps, expertes, exigeantes, mais sachant donner autant que prendre. Le vertige la gagnait. Encore assoupie, déjà offerte à la jouissance, elle oscillait entre le rêve et la réalité.

Docile, elle acceptait le rythme qu'il avait imposé mais ce n'était rien à côté de la première fois. Maintenant, certain de ne pas la blesser, il se laissait aller à ses élans impétueux et voulait tout partager.

Quand enfin il retomba sur elle, immobile, le visage enfoui dans sa chevelure soyeuse, elle ne dit rien et attendit de retrouver son souffle et sa respiration normale. Elle comprenait maintenant combien il avait su se montrer attentif et généreux la première fois, et son cœur se gonflait de reconnaissance.

Eblouie, elle découvrait à quel point elle l'aimait. Elle le serra dans ses bras alanguis. Avec un sourire amusé, elle passa les doigts dans les boucles qui lui couvraient la nuque. Matthew Bates. Sais-tu que je t'aime ? Non, et j'attendrai mon heure pour te l'avouer.

Elle poussa un long soupir de bien-être. Est-ce l'amour partagé qui rend le corps si dispos ?

— Cet épisode était-il prévu dans l'horaire ? demanda Laura d'un ton mi-tendre, mi-ironique.

— Mais bien sûr, affirma-t-il en relevant sa tête lasse. A peine avons-nous un peu d'avance sur nos plans.

— Nos plans ?

— Toutes nos décisions ne sont-elles pas prises d'un commun accord ?

Elle passa une main caressante sur les bras et les épaules musclés de Matt et constata d'un air sérieux :

— Eh bien, vous me paraissez en forme pour ce que nous avions projeté avant...

— Ah ?

— Mais oui, la petite excursion dans les marais.

Délicatement, il mordilla son oreille et réfléchit, très vite. Il pourrait lui faire perdre la tête en la gavant d'amour. Et puis s'en aller sans bruit pendant qu'elle dormirait.

— Et si nous repoussions cela à plus tard ?

— Vraiment ? Ne penseriez-vous pas plutôt y aller sans moi ?

Ah, il aurait dû se douter qu'on n'endormait pas si facilement sa méfiance !

— Laura...

Il lui prit un sein dans sa paume arrondie.

— Oh non ! Vous ne m'aurez pas si facilement. Ne vous faites pas d'illusions : je ne vous laisserai pas filer ! Nous formons une équipe, Bates ! Ne l'oubliez pas !

— Ecoutez...

Il la saisit fermement aux épaules.

— Il n'y a absolument pas besoin de vous pour cette expédition. Seul on va plus vite et la corvée n'en sera que plus courte.

— Vous seul, ou moi seule ? Restez, si vous préférez.

— Sapristi, Laura, réfléchissez !

— A quoi ?

Elle bondit hors du lit, nue, et se mit à fouiller dans ses tiroirs.

— Personne n'a laissé un vilain petit cadeau à ma porte, dit-il.

Elle se mordit la lèvre inférieure et revint près de lui, des vêtements sur le bras.

— C'est vrai, répliqua-t-elle calmement. C'est à moi qu'il était destiné. Pour une raison évidente : quelqu'un essaye de m'intimider pour m'obliger à cesser mes recherches. Je ne me laisserai pas faire !

Il la regarda, encore nue, si mince et fragile, sa peau laiteuse nacrée par les rayons de lune. C'est vrai qu'elle serait capable de se venger !

— O.K. ! Puisque vous jouez les durs ! Mais vous savez que dans le marais les serpents sont bien vivants !

— Je n'irai pas les caresser.

Elle serra les dents et s'habilla avec des gestes décidés.

— Vous n'êtes qu'une tête de mule ! s'écria-t-il, furieux.

— C'est vrai. Mais pas une idiote. Qui veut me faire peur pour m'écarter ? Brewster ou les Trulane ? Et s'ils cachent quelque chose dans ces marais, il faut le trouver, voilà tout.

— Sans doute. Mais je peux m'y rendre seul.

— Si on réussissait à m'avoir aussi facilement par la menace, je n'aurais plus qu'à renoncer à mon métier de journaliste. Mais une chose est certaine : personne n'y parviendra.

Elle lui adressa un long regard et répéta avec force :

— Personne.

Matt réussit à dominer son exaspération. Il ne pouvait s'empêcher de lui donner raison.

— C'est bon, je vais m'habiller et me munir d'une torche. Je reviens vous prendre dans dix minutes. Vous serez prête ?

— Oui.

Dès qu'il fut parti, Laura ferma les yeux et s'appuya le dos au mur en essayant de contrôler sa respiration. Il fallait avant tout lutter contre la peur qui s'insinuait dans ses membres, l'agitait de tremblements convulsifs et la privait de ses moyens. Elle devait absolument subir cette épreuve. Maintenant plus que jamais. A la menace contenue dans la boîte envoyée par un être maléfique, une seule réponse : le défi.

Laura comprenait parfaitement les sentiments que le marais inspirait à Anne Trulane : une peur irraisonnée, primitive comme celle d'un animal, inexplicable. On ne lui ferait jamais croire que la jeune femme était allée délibérément se promener dans un endroit où se lovait mystérieusement la cause de ses terreurs. Pas plus qu'elle, Laura Armand n'irait de son propre gré visiter une exposition de reptiles ! Et cela, elle était décidée à le prouver, coûte que coûte !

Matt... Laura alluma dans le couloir et ouvrit un placard à la recherche de chaussures de marche. Il se faisait du souci pour elle, voulait lui éviter cette épreuve. Mais elle ne devait pas le lui permettre. Si, par amour, elle commençait à capituler sur un chapitre, ce serait la débandade. Non décidément, elle tiendrait bon. Mon Dieu, quel désordre dans ce placard ! Il faudrait prendre le temps, un jour, de le ranger. En attendant, elle fouillait fébrilement les étagères pour trouver la deuxième chaussure.

Matt la trouva assise par terre, en train de lutter avec des lacets pleins de nœuds. Il arborait une expression aimable, volontairement détendue. Toutefois, il était déterminé à ne pas quitter Laura d'une semelle quand ils seraient dans les marais.

— Vous paraissez avoir des difficultés, fit-il remarquer en souriant. Moi qui vous croyais une femme ordonnée et organisée !

118

— Je le suis... dans mon travail! Au diable! je me suis cassé un ongle! Il ne faut pas que j'oublie ma torche électrique. Elle est dans la cuisine.

— Laura, ma chère, votre jean est tellement serré que vous ne pourrez guère vous permettre de mouvements.

— Matt, mon cher, si cela vous trouble tellement, vous marcherez devant moi et ainsi vous n'aurez pas à contempler les détails de mon anatomie. D'ailleurs, il fera noir. Voilà, j'ai ma torche. Allons-y. Oh! que se passe-t-il?

— J'ai été obligé d'enfoncer la porte tout à l'heure, parce que vous ne répondiez pas. J'ai averti le concierge.

Elle se contenta de hocher la tête, mais un flot de tendresse reconnaissante lui inonda le cœur.

Elle se tourna vers lui et lui passa les bras autour du cou.

— Vous savez, Matt, j'ai toujours eu une faiblesse pour les fiers chevaliers sur leur blanc destrier.

Il lui saisit le visage entre ses paumes et l'embrassa :

— Même s'ils ne sont pas sans peur et sans reproche ?

— Oui, même ainsi.

Chapitre 8

Matt rangea la voiture à l'ombre du mur qui délimitait la propriété des Trulane. Dès qu'il arrêta le moteur, un silence pesant les enveloppa. Laura ne disait rien, mais il devinait ses pensées : elle détestait l'idée de fouiller dans la vie privée de Louis. Il glissa la torche dans sa poche.

— Laura, grimpez la première, je vous fais la courte échelle.

Elle acquiesça, toujours sans mot dire, et il lui tendit ses deux mains jointes pour qu'elle y pose le pied. Elle se hissa d'un geste souple, se redressa au sommet et s'installa à plat ventre pour lui tendre la main. Il eut tôt fait de la rejoindre et ils se retrouvèrent rapidement de l'autre côté.

— On dirait que vous avez l'habitude de pénétrer chez les gens par effraction, murmura-t-elle.

— Ça m'est arrivé quelquefois dans ma carrière. Mais il me semble que vous êtes très douée aussi.

Le ton habituel de leurs rapports, à la fois agressif et cordial, reprenait le dessus puisqu'ils se trouvaient en mission.

Laura jeta un bref regard circulaire, puis

contempla longuement la silhouette de la maison, à peine visible dans l'obscurité. Elle chuchota :

— Je suppose que vous n'avez pas envisagé les répercussions légales, si nous étions surpris.

Il lui prit la main et dit simplement :

— Il faut être discrets.

Ils traversèrent la pelouse sans le moindre bruit. La pâle lueur de la lune leur suffisait. Autour d'eux, le bruissement des insectes, des oiseaux de nuit, le frémissement des feuilles dans les arbres, le cri d'une chouette. Et par-dessus tout le chant obsédant des grillons.

Le scintillement verdâtre des lucioles dans l'herbe imprimait à la pelouse un aspect surnaturel. L'air était encore chargé des senteurs de l'été.

Dès qu'elle aperçut la lisière du marécage, Laura eut un mouvement de recul. Elle avait du mal à vaincre son aversion, mais se força à avancer. Cependant, elle dut s'accrocher à la main rassurante de Matt.

Elle avait la chair de poule et s'étonnait que Matt ne ressentît rien. Pourquoi allaient-ils déterrer des secrets enfouis dans cette vase maléfique ? N'eût-il pas été préférable de ne pas s'y attaquer ? Quelles forces allaient-ils déchaîner ?

— Laura, ce n'est qu'un endroit comme un autre, restez calme.

— Il est maudit !

Elle s'y engagea pourtant, poussée par une farouche détermination.

— C'est difficile d'imaginer... commença-t-elle d'une voix hachée... qu'une femme de la famille Trulane ait pu... s'y aventurer... même sous l'em-

121

prise d'une passion... Et pourtant, il y en a eu une : elle se nommait Druscilla.

Matt rit sous cape.

— Druscilla avait peut-être du goût pour les moustiques et les terrains marécageux... quand il s'agissait de tromper son époux.

Il sortit sa lampe sans l'allumer et tenta d'apercevoir les contours de la maison, entre les arbres.

— J'ai l'impression que nous sommes sur le passage le plus direct entre la maison et le marais.

— En effet, reconnut Laura après un bref coup d'œil.

— Anne est donc passée par ici.

— Sans doute.

— Eh bien, faisons le même trajet et nous verrons si nous trouvons quelque chose. Restez tout près de moi.

— Recommandation inutile ! chuchota Laura en sortant également la lampe de sa poche. Si vous sentez quelque chose qui s'accroche à votre cou par-derrière, ce n'est que moi !

Quelques pas plus loin, la densité des feuillages leur cachait la lumière de la lune. La végétation se refermait sur eux et dissimulait à leurs yeux l'emplacement de la maison. Le rayon de leurs lampes électriques formait un pinceau lumineux qui perçait difficilement les ténèbres épaisses.

Ils progressaient dans un univers d'humidité étouffante, de nuit profonde parcourue de bruits étranges qui faisaient dresser les cheveux sur la tête de Laura. Partout régnait l'odeur de pourriture des végétaux en décomposition.

Matt, lui-même, commençait à comprendre la

122

répulsion qu'un tel endroit pouvait inspirer à une femme, surtout aussi impressionnable qu'Anne Trulane. Il n'aurait pas aimé se perdre dans ces parages, seul, la nuit. Toutefois il se demandait pourquoi elle s'était enfoncée plus loin dans les marais au lieu de revenir sur ses pas. La panique peut-être ?

— Je ne comprends pas, grommela-t-il.

Une fuite précipitée, des frôlements furtifs firent sursauter Laura. Elle fouilla l'obscurité avec sa torche et ne vit rien. Elle agrippa la main de Matt, elle haletait.

— Qu'est-ce que vous ne comprenez pas ?

— Pourquoi elle n'est pas sortie de là.

Laura tenta de se raisonner : elle avait dû entendre un opossum, effrayé par leur intrusion. Il n'y avait pas que des reptiles dans ces recoins. On parlait même d'un ours aperçu dans la partie boisée des marécages.

— Avez-vous peur ? s'inquiéta Matt, qui semblait deviner son angoisse.

— Non.

Elle resserra son étreinte sur le poignet de Matt.

— Non, j'ai dépassé le stade de la peur. C'est de la terreur paralysante !

— Pourriez-vous sortir seule de cet endroit ?

Perdant toute dignité, elle s'exclama d'une voix blanche :

— Vous n'allez pas... me laisser... ici ?

— Que feriez-vous dans ce cas ?

— Je vous tuerais si j'en réchappe.

Elle l'entendit rire quand il demanda :

— De quelle façon ?

— Par le poison, je pense : une mort lente avec beaucoup de souffrances.

— Bon, mais il vous faudrait d'abord sortir. Comment feriez-vous ?

— Je...

Elle frissonna. Une écœurante odeur de vase et de bois moisi l'enveloppa. Elle savait que les sables mouvants se trouvaient à l'est et au sud-ouest.

— Je prendrais mes jambes à mon cou, dans cette direction-là et je ne m'arrêterais qu'une fois hors de ce lieu maudit.

— Oui, c'est ce qu'elle aurait dû faire. Alors pourquoi ? Pourquoi ?

— Si elle avait déjà été mordue par le crotale je pense qu'elle commençait à délirer.

— Je ne sais pas combien de temps le venin met à agir. Il faudra que je me renseigne. Logiquement, elle aurait dû se rapprocher de la maison, au lieu de s'en éloigner. Fuyait-elle quelqu'un, ou quelque chose ?

Un animal détala devant Laura et la fit trébucher : un raton laveur, bien plus affolé qu'elle !

— Je me sens grotesque, protesta-t-elle à mi-voix. Ne restons pas plantés là !

Eclairés par le faisceau des torches électriques, ils reprirent leur progression à la recherche du moindre élément capable de les renseigner.

Au bout d'un moment, Laura s'arrêta net.

— Matt, je... promettez-moi de ne pas rire.

— Je le jure sur la tête de mon défunt grand-père !

— Ne vous moquez pas de moi. J'ai l'impression qu'on nous épie.

124

— Un autre raton laveur sans doute.

— Matt...

— Bon ! Je n'ai rien dit !

Il lui caressa la tête pour l'apaiser. Cependant, lui-même n'était pas tellement rassuré. Il éprouvait une sensation indéfinissable de terreur. Bah ! se dit-il, des légendes de fantômes... La peur est contagieuse. Il ne croyait pas à toutes ces histoires, mais il sentait la jeune femme proche de l'effondrement.

— Laura, voulez-vous retourner à la voiture ?

Oh, oui, comme je le voudrais ! se dit-elle. Cependant, elle redressa les épaules et réussit à répondre :

— Non. Allons jusqu'à la rivière. Elle ne doit plus être loin. C'est là qu'on a découvert Anne.

En effet, ils aboutirent bientôt à la rive. Sous les cyprès, régnait une ombre encore plus dense. Des grenouilles sautèrent dans l'eau avec un flot bruyant. Il était notoire que les berges abritaient des alligators. Des gros, se rappela Laura avec un frisson.

— C'est ici, dit Matt. Laura, seriez-vous encore capable de trouver le chemin du retour ?

Cette photo du cadavre de la jeune femme qui l'avait tellement impressionnée, dans le dossier de la police... Elle crispa les mâchoires.

— Je pense qu'il suffirait de revenir par le même sentier. Si c'est possible.

— Si c'est possible... répéta Matt. Alors pourquoi n'a-t-elle pas pu ?

Il poussa une exclamation dépitée. Il avait espéré trouver sur place un indice et ne pouvait que déchanter.

— Si elle avait laissé la moindre trace, je suppose que...

Il se baissa soudain et ramassa un objet métallique.

— Tiens ! On dirait un bijou brisé. Appartenait-il à cette pauvre jeune femme ? Regardez, Laura.

— Vous savez, après un mois dans la terre humide, on ne reconnaît pas grand-chose. Mais...

A la lueur de la lampe, Laura avait l'impression de reconnaître l'objet.

— On dirait un médaillon. Il me semble l'avoir vu... Peut-être la mère de Louis le portait-elle. Si c'est le cas, il a pu en faire cadeau à son épouse.

— C'est facile à vérifier.

Il glissa le bijou dans sa poche.

— Attendez-moi une minute. Je voudrais m'approcher de la rive.

— Pour quoi faire ?

— Si seulement je le savais !

— Je vais avec vous.

— Il peut y avoir des serpents, si près de l'eau.

Elle se rappela qu'ils grouillaient sur les bords de la rivière.

— Je vous donne deux minutes, Matt. Pas une de plus.

— D'accord. Ne bougez pas.

— Vous pouvez y compter !

Elle suivit des yeux le faisceau lumineux de la lampe. La rive était glissante : il ne progressait pas facilement.

Elle pensa de nouveau à ce médaillon brisé et, d'un geste machinal, repoussa les mèches qui lui tombaient dans les yeux. Un très vague souvenir

126

d'enfance fuyait, fuyait dans sa mémoire. Ce médaillon sur une robe blanche... Où ? Quand ?

Matthew n'en finissait pas. Et il ne savait même pas ce qu'il cherchait ! Les bruits nocturnes semblaient amplifiés depuis qu'il ne se trouvait plus à ses côtés. Une goutte de sueur perla entre ses omoplates et elle s'agita, prenant appui tantôt sur une jambe, tantôt sur l'autre.

Non, je ne veux pas regarder derrière moi : à quoi bon ? Dans une heure nous serons de retour chez nous et je pourrai tourner mes terreurs en dérision. Dans une heure...

Un bruissement dans les roseaux... Encore un raton laveur ! Elle ouvrait la bouche pour rappeler Matt auprès d'elle quand un bras lui encercla la gorge.

D'abord une épouvante sans nom l'étreignit, puis l'air lui manqua. Elle se débattit, lâcha la lampe. On l'entraînait par-derrière. Plaquée brutalement à terre, elle sentit un choc violent à la tête...

Non loin de là, Matt vit l'arc décrit par la lampe qui tombait, puis plus rien. Il hurla son nom et, pestant, jurant, fit des efforts inouïs pour remonter le plus vite possible la pente rendue glissante par la glaise et l'herbe mouillée.

Quand il la vit à terre, le souvenir de la terrible photo lui traversa l'esprit. Sans précautions, il la saisit à bras-le-corps et la serra contre lui. Il poussa un soupir de soulagement : elle vivait.

— Laura ! Qu'est-il arrivé ?

— Ma tête !...

Elle voulut bouger, mais le vertige la saisit.

— Quelqu'un s'est approché... derrière moi...

Elle porta une main tremblante à son crâne où se formait une grosse bosse. Comme Matt desserrait son étreinte, elle s'agrippa à lui.

— Oh non, vous n'allez pas me laisser de nouveau !

— Si seulement je tenais le misérable qui... Laura, vous avez mal ?

Il effleura avec précaution le dos de son crâne douloureux.

— Ça peut aller. Je n'ai pas perdu connaissance. Mais j'ai vu trente-six chandelles... Un peu comme la première fois que vous m'avez embrassée !

Bon, si elle pouvait plaisanter, ce ne devait pas être trop grave.

— Je n'aurais pas dû m'éloigner !

— Matthew, cessez de vous culpabiliser. Voyons si je peux tenir sur mes jambes.

Il la prit sous les bras et la releva doucement.

Le sang lui battait aux tempes, mais le vertige s'estompait.

— Allons, Matt, pas d'affolement ! Ce n'est pas ma première bosse !

Il tenta une diversion :

— Heureusement que vous avez la tête dure ! se moqua-t-il gentiment. Maintenant dites-moi ce que vous avez vu... à part les trente-six chandelles !

— Rien. J'étais en train de me sermonner, de m'interdire d'avoir peur, quand j'ai entendu bouger dans les roseaux. Pas même le temps de me retourner et on essayait de m'étrangler, par-derrière. Et puis on m'a lancée contre cet arbre, la tête la première. J'ai fermé les yeux. Et quand je les ai rouverts, c'est vous que j'ai vu !

Il lui prit le visage entre ses paumes et l'embrassa tendrement. Bien que calme en apparence, il bouillait de colère rentrée et de désir de vengeance.

— Etes-vous sûre de pouvoir marcher ?

— Pour sortir d'ici, j'aurai des ailes ! J'ai perdu ma torche.

— Elle est tombée dans l'eau.

— Tant pis. Le bilan général de l'expédition n'est pas totalement négatif, après tout.

— En effet, à part le médaillon, nous avons découvert que quelqu'un nous surveille et n'apprécie pas tout à fait notre curiosité. Les fantômes d'amoureuses défuntes n'essayent pas d'étrangler les gens et de les assommer en leur cognant la tête contre un arbre.

Tous deux eurent la même pensée : la maison des Trulane n'était pas loin et ses habitants connaissaient bien le marais.

Ils revinrent en silence, l'oreille aux aguets, sur le qui-vive. Matt ne lâcha la main de Laura que hors des marais. La grande maison formait une masse sombre où ne brillait pas la moindre lumière.

Ils repassèrent le mur de la même façon qu'à l'aller. Ils étaient pressés d'en finir. Quelle sinistre aventure !

Après un long silence, Laura murmura :

— Il faudra revoir Louis et Marion...

— Je suis de votre avis. Demain peut-être.

Pour chasser de ses narines les miasmes des marais et leur odeur persistante, Matt alluma une cigarette. Comme il aspirait à une longue douche !

Laura se détendit enfin, ferma les yeux et déclara :

— Je meurs de faim. Pas vous ?

Sa voix était normale, son souffle régulier. Quelle femme ! Il admira son courage, son sang-froid et aussi sa conscience professionnelle. Ils allaient peut-être faire chez les Trulane de très désagréables découvertes. Cependant Laura allait de l'avant.

Elle lui rappelait Olivia, son indomptable grand-mère. Il se mit à rire, lui prit la main et la porta à ses lèvres.

— Nous trouverons bien une pizzeria ouverte pour rapporter de quoi dîner à la maison.

— Mmmm ! Quelle bonne idée !

Il était deux heures du matin quand ils terminèrent leur petit souper chez Matt. Rassasiée, Laura contempla le cadre où vivait son collègue. On y découvrait un certain goût du confort, sans aucun laisser-aller : d'épais tapis, de profonds coussins, des couleurs harmonieuses. Le style de l'ensemble était élégant mais sans affectation.

— Je ne pourrais pas avaler une bouchée de plus, protesta Laura quand Matt voulut la resservir. Par contre, je vais finir mon vin.

Elle se leva, le verre à la main, pour regarder les toiles accrochées au mur du salon. Deux surtout attirèrent son attention par le contraste qu'elles formaient : l'une évoquait le luxe, l'autre la misère ; deux aspects qui cohabitaient étroitement à New York, cette ville contradictoire et fascinante. Peut-être un symbole de ce que Matt avait connu dans sa vie.

— J'aime ces toiles, dit-elle. Je ne connais pas le nom de l'artiste, mais il a un talent indéniable.

— Je partage votre goût. C'est un de mes amis : nous habitions le même quartier dans notre enfance.

— Matt, est-ce que New York vous manque ?

Il prit son temps pour répondre. Pensif, il contemplait la couleur rubis du vin dans son verre. Puis son regard passa sur les tableaux pour s'arrêter longuement sur la jeune femme qui avait posé cette question.

— Non, dit-il finalement. Mais on porte son passé avec soi.

Elle détailla le paysage réaliste, aux rues sordides, aux bâtiments délabrés.

— C'est dans ce cadre que vous avez grandi, murmura-t-elle.

— Oui.

Il ne fit aucun commentaire et voulut changer de sujet.

— Il faut que j'aille prendre une douche pour me débarrasser de cette horrible odeur des marais.

Il retira sa chemise. Laura feignit de ne pas remarquer son impatience et insista :

— Matthew, vous avez eu une enfance malheureuse, n'est-ce pas ?

— Et j'en suis sorti ! déclara-t-il avec un sourire malicieux.

Elle posa une main sur son bras pour le retenir. Le regard chargé de sympathie, elle murmura :

— Racontez-moi.

— Aucun intérêt, laissa-t-il tomber sèchement.

Elle recula comme s'il l'avait frappée. Mais elle se composa une expression indifférente et polie.

— Parfait. Excusez mon indiscrétion. Merci pour le dîner. A demain matin.

— Laura, vous savez bien que vous ne pouvez pas dormir chez vous avant que la porte soit réparée.

— Tout le monde n'a pas besoin de se barricader derrière des verrous et des serrures.

— Sapristi ! Laura...

Il fit un violent effort pour se dominer. Cette journée enfiévrée par l'amour et l'aventure l'avait exténué. Il se sentait extrêmement tendu et ne savait plus très bien où il en était. Mais Laura... Il ne fallait pas la laisser partir ainsi.

— Ecoutez, j'ai grandi dans un minable quartier de l'East Side. Voilà tout. Il n'y a rien à raconter. Et cela n'a aucun rapport avec vous. Avec nous.

— C'est parfaitement clair. Disons que c'était de la curiosité professionnelle et n'en parlons plus.

— Au diable vos histoires !

Il la saisit par le bras.

— En tout cas, vous n'irez pas dormir chez vous toute seule !

— Je ne vous autorise pas à me dicter ma conduite.

— Je me passerai de votre permission. Et pour une fois vous n'en ferez pas à votre tête de mule.

Elle se borna à lui lancer un regard froid.

— Lâchez-moi immédiatement.

Devinant qu'il l'avait blessée, il soupira et appuya son front contre le sien.

— Excusez-moi, Laura.

— Vous ne me devez pas d'excuses.

— Si. Je ne tenais pas du tout à vous blesser.

La colère de Laura fondit et, devant son regard implorant, elle s'accusa :

— Je me suis montrée indiscrète.

— Ce n'est pas le problème. La journée a été éprouvante pour les nerfs et c'est un sujet dont je ne parle pas facilement. Une autre fois... Il est trop tard cette nuit et demain il faudra travailler.

Elle lui mit les bras autour du cou et lui murmura à l'oreille :

— Plus de questions pour le moment...

— Laura...

Il prit les lèvres qu'elle lui tendait et, lentement, le calme revint en lui.

— Restez chez moi, balbutia-t-il. Restez...

Pour toute réponse, elle poussa un profond soupir.

— Ai-je priorité pour la douche, au moins ?

— Prenons-la ensemble, il n'y aura pas de contestations.

Joignant le geste à la parole, il lui enleva son chemisier. Elle se laissa faire en riant.

En sortant de la douche, reposée, détendue, Laura s'enveloppa d'une serviette et regarda Matt qui s'ébrouait encore.

— J'ai l'impression que cette odeur de marais me colle à la peau, se plaignit-il.

— C'est plutôt dans la mémoire qu'elle reste gravée. Pour moi, elle a toujours évoqué la mort et la décomposition. Jamais je ne me serais doutée qu'un jour je l'approcherais de si près...

— Nous n'en avons pas fini avec cette histoire, Laura. Mais pour le moment, passons à d'autres préoccupations.

Il sortit de la douche et, s'approchant derrière elle, l'enlaça par surprise. Elle n'avait pas eu le temps de se défendre. Peut-être pas envie non plus.

L'emporter dans la chambre, la déposer sur le lit, ne prit à Matt qu'un instant. Pour éviter toute contestation, il gardait ses lèvres prisonnières sous les siennes. Mais songeait-elle seulement à protester ? Sa bouche semblait fondre sous celle de Matt et son corps ne résistait pas.

— Oh, Laura... gémit-il, comme j'ai besoin de vous !

Son baiser fut rude, chargé de toute la tension que les heures passées avaient accumulée en lui. Il oublia la patience et elle ne s'en plaignit pas. Il oublia la douceur et elle ne s'en plaignit pas non plus. Il buvait ardemment dans sa bouche le suc de sa vie. Et elle ne lui refusait rien. Aussitôt embrasés, ses sens réclamaient de lui un assouvissement total. Elle se montrait aussi avide, aussi insistante que lui. Il ne s'agissait plus, comme la première fois, de la séduire en la ménageant et elle donnait autant qu'elle recevait.

Elle ne savait pas que la passion pouvait réveiller en soi des instincts domptés par la civilisation. Lascive, libérée de tout complexe, elle apprenait toutes les caresses, découvrait un plaisir multiple. Sa langue goûtait sur la peau de

Matthew le savon avec lequel elle l'avait frotté sous la douche et qui lui rappelait leurs jeux excitants.

Etroitement enlacés dans le lit de Matthew, ils s'acharnaient à oublier les heures sombres vécues dans les marais. Le désir leur permettait de partager tout ce qu'un homme et une femme peuvent s'offrir par un don réciproque. Ce n'était plus le moment de penser à l'avenir et encore moins au passé. Ils vivaient leur présent. Intensément.

Ils mêlaient leur souffle, leurs gémissements, la transpiration brûlante de leur peau moite.

Matthew ne cherchait plus à modérer ses élans, ni à se dominer. Il savourait pleinement ce corps mince, au parfum envoûtant, cette chair satinée, tout ce qu'il avait découvert lors de leur première étreinte si peu de temps auparavant. Et il devinait en elle un changement subtil.

Car elle ne quémandait plus maintenant, elle allait au-devant, prenait des initiatives, obéissait à l'impérieux besoin de son être éveillé à l'amour. Et lui s'émerveillait de ses audaces.

Leurs cris se mêlèrent quand leurs sens exacerbés les emportèrent vers le paroxysme de leurs élans. Les battements de leurs cœurs s'accélérèrent au rythme des derniers assauts de la passion qui unissait leurs âmes et leurs corps dans l'avalanche d'un indicible plaisir.

Après, il n'y eut plus que le silence. Quelles paroles auraient pu décrire ce qu'ils venaient de vivre ?

Chapitre 9

Lourd et bas, le ciel se couvrait de nuages gris qui écrasaient la nature sous une chape de chaleur humide. Les feuilles pendaient, inertes. Pas un souffle ne les agitait dans l'air stagnant. Hommes et bêtes aspiraient à une pluie bienfaisante.

Laura conduisait la voiture toutes vitres ouvertes mais sans trouver le moindre soulagement dans cette chaleur brassée par la vitesse. Sur les bords de la route, l'ombre de deux rangées d'arbres n'apportait aucun répit. On se prenait à rêver d'une source fraîche au creux d'un rocher entouré d'herbe verdoyante.

Pour la troisième fois en deux jours, Laura avait repris la route des Grands Chênes. Chaque fois, elle appréhendait un peu plus les réponses qu'elle obtiendrait des Trulane.

Louis serait furieux, aucun doute à cela. A supposer même qu'il accepte de la recevoir. Quant à Marion... Oh! Marion serait blessée par son insistance, qu'elle taxerait sans doute d'indiscrétion.

Elle conduisait en automate et tentait de ne pas trop penser à ce qui l'attendait. Quoi qu'il arrive, Matt et elle étaient allés trop loin maintenant pour revenir en arrière. Et puis que faire sinon questionner les gens susceptibles de les aider dans leur enquête. A la rigueur, se dit-elle, les questions seront plus facilement acceptées venant de moi. Mais elle savait bien qu'elle se berçait d'illusions.

A côté d'elle, Matt se taisait, ne voulant pas l'influencer avant d'affronter les Trulane. Quel homme étonnant, songeait Laura, je ne l'aurais jamais cru capable de tant de prévenances. Eh bien, depuis quelques jours, elle avait décelé nombre de choses que Matthew Bates dissimulait soigneusement sous son masque de cynisme. Mais pas tout. Non, pas tout...

Toutefois, ce qui comptait le plus, c'était qu'elle l'aimait. En fait de découverte, celle-ci était de taille.

Ensemble, ils devaient faire le point et parler ouvertement du lien qui les unissait. Mais elle répugnait à le brusquer et croyait sentir en lui la même hésitation.

Tout était arrivé si vite ! Une année face à face sans que rien ne les rapproche. Et, soudain, les voilà dans les bras l'un de l'autre ! Sans doute la passion avait-elle couvé entre eux, muette, insidieuse, avant d'éclater tel un incendie dévorant tout sur son passage.

Qu'en était-il au juste pour lui ? se demandait Laura. Mais elle manquait de courage, ou d'assurance pour l'interroger.

Elle jeta un coup d'œil vers son profil. Ce sourire, ce regard, qui lui faisaient battre le cœur ! Comme il savait dissimuler sa vraie nature sous son humour caustique !

Elle se prit à sourire. Associés dans leur enquête, ils le seraient peut-être aussi pour la vie...

— Alors, Laura, que signifie ce sourire ? demanda Matt d'un ton sarcastique. Je vous plais ?

— Eh bien, oui, figurez-vous. Et je n'ai pas fini de m'en étonner.

Il rit sous cape et lui tira une mèche de cheveux.

— Je suis fou de vous et de vos compliments, Laura. Un jour, vous m'avez dit que j'avais des yeux merveilleux.

— Vraiment ?

— Vous aviez bu quatre Martini...

— Ah ! évidemment, on ne sait pas très bien ce que l'on raconte dans ces cas-là. D'ailleurs, je ne sais même pas de quelle couleur ils sont.

Il se tourna face à elle.

— Peuh ! Un blond aux yeux bleus, c'est très banal ! Enfin vous en tirez un bon parti !

— Et vous, avec votre menton pointu ! Enfin, le reste n'est pas mal.

— Mon menton n'est pas pointu ! riposta Laura en se rengorgeant. Vous regardez trop bas pour bien le voir !

Il éclata de rire, soulagé qu'elle fût capable de plaisanter, alors qu'ils arrivaient devant le portail des Grands Chênes. Cependant, dès qu'ils furent sortis de la voiture, elle avait retrouvé son air soucieux. Le combat reprenait en elle entre ses sentiments personnels et son sens du devoir.

138

Bien sûr, ce dernier l'emporterait : Matt connaissait trop bien Laura. Mais à quel prix ?

— Matthew, commença-t-elle d'un ton hésitant, je suis persuadée que Marion nous recevra... par politesse, mais je ne pense pas que nous verrons Louis.

— D'une façon ou d'une autre, il faudra l'y contraindre, dit-il en laissant retomber le lourd marteau de la porte d'entrée.

— Je ne voudrais pas trop le harceler pour le moment. Si...

Il tourna la tête d'un mouvement si vif et une telle lueur s'alluma dans ses yeux, qu'elle murmura :

— Bon, bon, d'accord !

Ils n'eurent pas le temps de discuter, Binney leur ouvrait la porte. Une expression de surprise se peignit sur le visage de la gouvernante aussitôt remplacée par quelque chose d'indéfinissable dans le regard.

— Mademoiselle Laura ! Nous ne pensions pas vous revoir si tôt !

— Nous avons besoin de parler à Louis et Marion, Binney.

Binney eut un bref coup d'œil pour Matt et répondit dans un murmure :

— M. Louis traverse une crise de dépression. Ce n'est pas le moment de le déranger.

— Est-il malade ? s'inquiéta Laura.

Après une courte hésitation, elle bredouilla :

— Pas exactement malade, mais enfin... il n'est pas dans son état normal, vous comprenez.

Ses longs doigts osseux se crispaient sur sa poitrine.

— Oh ! nous ne le dérangerons pas longtemps, affirma Laura, furieuse contre elle-même de feindre l'indifférence. Je suis désolée, Binney, mais c'est important.

Elle entra, suivie de Matthew.

— En ce cas, grommela la vieille femme, entrez au salon. Je vais aller avertir Mlle Marion.

— Merci, Binney. Dites-moi, M. Louis a-t-il souvent des crises de ce genre ?

— Parfois.

Laura lui prit la main et insista :

— En avait-il déjà du temps où Anne était vivante ?

Binney serra les lèvres. Dans un geste instinctif, elle se retourna vers l'escalier et le vestibule. Elle baissa la voix pour répondre :

— Vous qui l'avez connu, mademoiselle Laura... vous ne pouvez pas savoir. Il a tant souffert ! Il y a eu tant d'épreuves dans sa vie ! Il a bien changé depuis le temps où vous veniez prendre des leçons d'équitation et manger des gâteaux chez nous.

— Je comprends, Binney. Je voudrais l'aider.

— Quand M. Charles est parti, il a commencé ses humeurs noires. Il ne parlait plus à personne, s'enfermait dans sa chambre. On était inquiet, mais...

Elle eut un haussement d'épaules, en signe d'impuissance.

— Cela s'est amélioré quand il a repris ses voyages d'affaires. Et puis il a ramené cette jeune femme.

— Et alors ?

— Ça allait de mieux en mieux. Mais nous, on

n'y comprenait rien parce qu'elle ressemblait tant à la première !

Sa voix baissa jusqu'à devenir presque inaudible.

— Elle avait même sa voix. C'était hallucinant. Mais M. Louis rajeunissait, avait l'air heureux de nouveau. Les crises étaient devenues très rares.

— Binney, demanda Laura, l'estomac crispé, est-ce qu'Anne avait peur quand ces crises le prenaient ?

Evasive, Binney serra de nouveau les lèvres :

— Elle ne comprenait sans doute pas ce qui se passait.

— Etait-elle heureuse ici ?

— Oh ! elle disait que vivre dans cette maison c'était comme un conte de fées.

— Et le marais ?

— Elle en avait peur. Elle n'aurait pas dû y aller.

De nouveau, Binney baissa la voix et ajouta dans un murmure :

— Ce qu'il y a là-bas, faut pas s'en mêler.

— Qu'y a-t-il ?

— Des fantômes.

Laura eut un frisson. Vieilles légendes : vieilles croyances tenaces !

— Est-ce qu'Anne rencontrait souvent Nathan Brewster ?

Cette fois Binney changea de ton : elle défendait loyalement ses maîtres, leur famille, leur réputation.

— Madame ne s'est jamais mal conduite.

141

— Louis savait-il que Brewster était amoureux d'Anne ?

— Cela ne me regarde pas.

Ni vous, semblait-elle dire par son silence.

— Je vais aller avertir Mlle Marion que vous êtes là.

Elle sortit, la tête haute.

Laura se laissa tomber sur une chaise et soupira :

— Quelle maladresse de ma part ! J'ai perdu son appui. Pauvre Binney, si loyale envers les Trulane et qui croit aux fantômes des marais !

— Quelle sottise !

— Ne soyez pas si catégorique, Matt. Il faut comprendre les gens du pays. Vous n'êtes pas d'ici...

— En tout cas, elle n'est pas prolixe au sujet de Brewster. D'après son brusque silence à la mention de son nom, il y avait quelque chose... Elle ne devait pas être la seule au courant.

— On ne peut rien dissimuler aux domestiques dans une maison. S'il existait un lien entre Anne et Brewster, tous le savaient.

— Et cependant, protesta Matt, pas un n'a mentionné son nom quand la police les a interrogés.

Laura croisa les mains pour dissimuler le tremblement nerveux de ses doigts.

— Ils ne voulaient pas risquer de salir la réputation de leurs maîtres. Et puis n'oubliez pas que l'enquête a conclu à une mort accidentelle. Alors, à quoi bon fouiller dans la vie privée des gens ?

— Et maintenant ?

142

— Les domestiques restent fidèles à Louis. Ils se garderont bien d'ajouter à son chagrin par des bavardages inconsidérés. Surtout avec des étrangers.

— Je connais quelques personnes en ville, capables de me renseigner.

— Pas encore, Matthew. Attendez quelques jours, je vous en prie.

Elle vint s'asseoir près de lui et saisit sa main entre les siennes.

— Je ne voudrais pas que la police questionne Louis avant que nous ayons terminé nos investigations. D'ailleurs, vous savez très bien que nous ne possédons pas assez d'éléments pour faire rouvrir le dossier.

Il la regarda sans aménité.

— Que vous êtes romanesque, Laura ! Le fantôme qui vous hante, vous, ce n'est pas celui des marais, mais celui de votre amour d'adolescente ! Je ne vous donne que quelques jours.

Marion entrait, un sourire poli aux lèvres, la main tendue.

— Laura, monsieur Bates ! Asseyez-vous, je vous en prie. Désolée de vous avoir fait attendre, mais nous ne pensions pas vous voir ce matin.

Laura devina la désapprobation sous la courtoisie des paroles.

— J'espère que nous ne vous dérangeons pas trop, Marion.

— En fait, je suis assez occupée pour le moment, mais...

Elle s'assit à côté de Laura.

— Désirez-vous une tasse de café ? Ou plutôt une boisson glacée ? Il fait si lourd aujourd'hui !

143

— Non, merci, Marion, nous ne voulons pas vous retenir trop longtemps. Mais nous devons encore vous parler, ainsi qu'à Louis.

Marion les regarda calmement et répondit :

— Malheureusement, Louis est sorti.

Matt était resté debout.

— Pour longtemps ? demanda-t-il.

— Je ne saurais vous le dire.

Son expression s'altéra légèrement et elle se tourna vers Laura.

— En réalité, je ne suis pas sûre qu'il accepte de vous recevoir.

Laura s'attendait à cette réaction. Intimement blessée, elle poursuivit néanmoins :

— Marion, Matthew et moi sommes allés voir Nathan Brewster, hier.

Tous deux observaient avec attention le visage de Marion qui ne put leur cacher sa surprise, son agacement, son inquiétude peut-être. Mais ce fut d'une voix neutre qu'elle demanda :

— Ah ? Pourquoi ?

— Il était amoureux d'Anne. Et il ne s'en cache guère.

Marion avait retrouvé toute son assurance :

— Voyons, Laura, Anne était si charmante ! Quoi d'étonnant qu'elle lui ait plu ?

— Je ne dis pas seulement qu'elle lui plaisait. Il l'aimait véritablement au point de vouloir qu'elle quitte Louis.

Marion eut un mouvement de recul, aussitôt maîtrisé.

— Les intentions de M. Brewster le regardent. Anne aimait Louis et lui seul.

— Toutefois, vous étiez au courant, insista Laura.

Elle regarda Marion en face : elle avait les yeux gris, comme son frère.

Après un long silence, ponctué d'un soupir, Marion avoua :

— Oui, en effet. A la façon dont il la regardait, on ne pouvait s'y tromper. Anne ne savait pas très bien quelle attitude adopter avec lui. Elle me l'avait confié. En tout cas, elle ne songeait même pas à quitter Louis.

Seul signe de nervosité visible chez Marion : ses doigts qui se crispaient sur sa jupe et en froissaient le tissu. Toutefois, elle affectait un calme parfait.

— Elle aimait son mari, affirma-t-elle de nouveau avec force.

— Louis savait-il ?

— Mais il n'y avait rien à savoir ! s'écria Marion agacée. Anne s'est confiée à moi et à sa sœur parce qu'elle supportait mal l'attitude de cet homme. C'est tout. D'ailleurs, quelle importance, maintenant ?

Elle les regarda l'un après l'autre, tandis que ses mains continuaient leur geste machinal.

— La pauvre petite est morte. Des racontars déplaisants de ce genre ne peuvent que faire du mal à Louis. Laura, ne pourrais-tu y mettre fin ? Il vit un tel calvaire !

Matt s'interposa rapidement pour répondre à la place de Laura.

— Malheureusement, les choses ne sont pas si simples. Ainsi : pourquoi a-t-on envoyé un avertissement à Laura ?

Les doigts de Marion cessèrent leur manège.

— Un avertissement ? Je ne comprends pas.

Ce fut Laura qui expliqua :

— On a déposé à ma porte une boîte contenant un crotale mort.

— Oh, mon Dieu ! Oh, Laura !

Elle tendit à Laura une main tremblante.

— Oh, ma chère enfant ! Qui peut avoir fait une chose aussi affreuse ? Quand cela s'est-il produit ?

— Hier en fin d'après-midi. Quelques heures après notre visite ici.

— Anne a été mordue par un crotale, murmura Marion. Oh, comme tu as dû être... Laura, tu ne crois pas... tu n'imagines pas que Louis... Oh, non, ce n'est pas possible ! Pas à toi...

— Je ne veux pas... Je ne peux pas imputer un tel acte à Louis. Nous avons pensé qu'il fallait vous mettre au courant tous les deux.

Marion lâcha les mains de Laura.

— Je suis trop bouleversée pour réfléchir. Et je sais l'effet que cela produira sur mon frère. Bien sûr, je lui en parlerai, vous pouvez compter sur moi. Mais...

On frappa à la porte du salon. Binney passa la tête.

— Mademoiselle, on vous demande au téléphone.

— Je viens.

Elle se leva et se tourna vers les deux journalistes :

— Si vous voulez bien m'attendre, ce ne sera pas long. Mais je ne sais pas ce que je pourrais ajouter...

— Ne vous inquiétez pas, Marion. Nous allons partir.

Quand ils se retrouvèrent seuls, Matt s'exclama :

— Laura ! Je ne vous aurais pas crue capable de vous acharner ainsi sur une proie !

— Ah, vous ne connaissez pas encore toutes mes ressources ! Et puis le métier avant tout.

Il la prit aux épaules et murmura :

— Cessez donc de vous infliger ce supplice !

— Si seulement je pouvais...

Elle regarda machinalement par la fenêtre.

— Matt, Louis arrive... Laissez-moi lui parler seule.

— Si vous voulez, mais soyez prudente et n'oubliez pas que Marion en sait probablement plus qu'elle ne veut le dire.

Louis ! Encore Louis ! Laura ne pouvait-elle pas oublier son premier amour ? Matt fut surpris d'éprouver toujours le même pincement de jalousie quand il entendait ce nom sur les lèvres de la jeune femme. N'avait-il pas obtenu d'elle infiniment plus que cet homme sombre, torturé ? Il la regarda sortir par la porte-fenêtre et enfonça les mains dans ses poches d'un geste rageur. Au diable Louis Trulane !

Après la fraîcheur du salon, l'air du dehors paraissait encore plus suffocant. La pluie semblait imminente mais elle tardait. Le chant des oiseaux se faisait plus las. Le parfum des roses devenait trop lourd. En approchant de Louis, Laura remarqua des taches de transpiration sur sa chemise.

— Louis !

Il sursauta et s'arrêta net. Son visage restait fermé. Une grimace de fureur le déforma soudain.

— Que fais-tu ici ?

— J'ai à vous parler.

— Il n'y a plus rien à dire.

— Louis...

Elle lui saisit le bras mais il se dégagea si brusquement qu'elle demeura interdite.

— Laura, gardons nos beaux souvenirs des années passées et restons-en là !

— Je garde ces souvenirs, Louis. Mais j'ai aussi une mission à remplir.

Elle scruta anxieusement ses traits pour y trouver l'argument qui éviterait entre eux la rupture définitive.

— Je ne peux pas croire qu'Anne soit allée délibérément dans ce marais.

— Je me moque de ce que tu crois. Elle est morte !

Son regard se fit lointain, dirigé vers la funeste zone où la pelouse cédait le pas aux marécages.

— Anne est morte, répéta-t-il, en fermant les yeux. Et c'est tout.

— Vraiment ? protesta Laura en faisant appel à tout son courage. S'il existe la moindre possibilité qu'elle ait été victime d'un être malfaisant, ne désirez-vous pas le démasquer ?

Il saisit une brindille et la brisa d'un coup sec. Laura se rappela le crayon entre les mains de Brewster.

— Quelle absurdité ! Personne n'aurait eu de raison pour agir ainsi.

148

— Ah bon ? Il y a pourtant quelqu'un que notre enquête dérange.

— Moi en tout cas !

Exaspéré, il lança au loin la branche cassée.

— Cela signifie-t-il que je suis l'assassin de ma femme ? Pour l'amour de Dieu, Laura, pourquoi te mêler de cette histoire ? C'est fini. Rien ne ramènera Anne.

— Mon insistance vous dérange-t-elle au point de vous pousser à déposer le cadavre d'un serpent devant ma porte ?

— Comment ? Que dis-tu ?

Il secoua la tête comme pour s'éclaircir les idées.

— Quelqu'un m'a offert un crotale mort, joliment enveloppé dans une boîte.

— Un crotale ! Comme...

Les paroles moururent sur ses lèvres tandis qu'il se tournait à nouveau vers elle.

— Quelle ignoble plaisanterie ! Qui a pu faire une chose pareille ?

Son expression s'adoucit.

— Pauvre petite Laura ! Je sais que tu avais de ces animaux une peur panique. J'ai failli étrangler mon stupide cousin le jour où il t'a mis une couleuvre sous le nez, lors d'une garden-party. Quel âge avais-tu ? Neuf, dix ans ? Tu te souviens ?

— Oh oui !

— As-tu moins peur des serpents à présent ?

— Non, répondit-elle en avalant péniblement sa salive.

Il effleura le visage de la jeune femme d'une

main tremblante et elle en souffrit plus encore que de ses paroles de colère.

— Toi non plus tu n'aimais pas le marais et tu n'allais jamais de ce côté-là. Je te taquinais alors, comme je l'ai fait avec Anne. Oh, Laura, comme je l'aimais !

— Pourquoi la cachiez-vous si jalousement ? Je ne l'ai jamais rencontrée.

— Elle était le portrait d'Elise. Ça m'a frappé la première fois que je l'ai vue. Oui, elle lui ressemblait, mais pas en tout.

Son regard se fit dur, d'un gris de fer comme le ciel lourd de nuages.

— Je ne pouvais pas supporter l'idée qu'on fasse des comparaisons entre Anne et Elise. Les commentaires des gens, leurs murmures...

— L'avez-vous épousée justement à cause de cette ressemblance ?

Elle crut qu'il allait la frapper.

— Je l'ai épousée parce que je l'aimais, parce que j'avais besoin d'elle. Je l'ai épousée parce qu'elle était jeune et malléable et qu'elle ne pourrait rien sans moi. Ce n'était pas le genre de femme à regarder un autre homme. Pour éviter qu'elle s'ennuie, je ne l'ai jamais quittée pendant notre seule année de mariage. Dans cet horrible message qu'Elise m'avait laissé, elle se plaignait de la solitude et de la vie fastidieuse qu'elle menait pendant mes déplacements.

— Louis, je comprends ce que vous avez souffert...

— Crois-tu, Laura ? murmura-t-il d'une voix à peine audible. Sais-tu ce qu'est la perte d'un être cher ? Et sa trahison ? Non, il faut l'avoir vécu pour le comprendre.

— S'il y avait eu quelqu'un, Louis, un autre homme... Qu'auriez-vous fait ?

Avec un regard glacial, il laissa tomber :

— Je l'aurais tué. Un Judas suffit dans une vie.

Il la quitta abruptement et s'en alla vers la maison sans se retourner. Laura frissonna malgré la chaleur moite.

Matt avait observé toute la scène. Au lieu de se colleter avec Louis comme il en avait furieusement envie, il franchit à son tour la porte-fenêtre pour rejoindre Laura.

— Partons, dit-il.

Elle acquiesça d'un signe de tête. L'orage qui menaçait créait une atmosphère étouffante. Ils traversèrent la pelouse bien entretenue et reprirent leur voiture.

Matt prit le volant et conduisit en silence. Ce fut Laura qui parla la première :

— Binney avait raison au sujet de ses crises de dépression. Il a les nerfs à fleur de peau et il ne sait à qui s'en prendre. Il considère toujours la mort d'Anne comme accidentelle. La façon dont il regarde ce marais...

Elle jeta un coup d'œil vers Matt qui gardait une expression tendue, farouche.

— Matt, je suis sûre que Louis aimait sa femme. Sans doute a-t-il inconsciemment subi l'attrait de cette ressemblance avec Elise, mais cela ne changeait rien à son amour.

— Mais comment expliquer qu'il l'ait taquinée au sujet de ses appréhensions, ou de ses superstitions, appelez cela comme vous voulez.

— Certes, il doit éprouver un remords écrasant et regretter de n'avoir pas pris plus au sérieux les craintes de cette jeune femme trop sensible.

— Vous lui avez parlé du paquet trouvé à votre porte ?

— Oui.

Oh, comme la pluie se fait attendre ! songea Laura en écartant de ses épaules son chemisier mouillé de transpiration.

— Il a d'abord eu une réaction de dégoût. Puis il s'est rappelé ma répulsion d'enfant pour tous les reptiles. Et je l'ai retrouvé soudain tel qu'il était alors : affectueux, compréhensif. Mais cela n'a pas duré.

Matt étouffa une remarque aigre entre ses dents.

— Je lui ai demandé pourquoi il cachait Anne aux yeux de tous. Il m'a dit qu'il voulait éviter les comparaisons que sa ressemblance avec Elise n'aurait pas manqué de susciter. Et puis il restait auprès d'elle parce qu'il craignait qu'elle s'ennuie...

— Vous n'allez pas me faire avaler ça ! protesta Matt avec dédain.

— Matt, n'avez-vous aucune pitié pour cet homme ? Pour ses souffrances ?

— Vous en avez pour nous deux.

— Vous m'exaspérez, Matthew ! Pour qui vous prenez-vous avec vos grands airs ? De quel droit jugez-vous ? Vous avez bien de la chance de ne jamais avoir perdu un être cher.

— Je vous rappelle que nous ne parlons pas de moi, mais de Louis Trulane. Vous recommencez à jouer au bon Samaritain, Laura. Renoncez-y tant

152

que nous travaillons ensemble. Je suis plus réaliste que vous.

Elle domina à grand-peine la bouffée de rage qui l'envahissait et reprit d'un ton glacial :

— Parfait. Alors, je vous fournis un petit renseignement susceptible de vous intéresser. Louis m'a affirmé que si Anne l'avait trompé il aurait tué son rival. Vous auriez sûrement admiré l'air déterminé qu'il a pris pour me le dire. Cependant, Nathan Brewster travaille toujours pour lui.

— A mon tour de vous fournir un petit renseignement.

Matt gara la voiture sur le parking du journal et se tourna vers Laura :

— Vous avez envers Trulane une attitude totalement partiale, voire aveugle. Vous le voyez sous les traits d'un héros, d'un chevalier servant. Or, en réalité, c'est un homme implacable, aigri, capable d'une froide violence. Vous êtes-vous jamais demandé pourquoi sa première épouse lui a préféré son jeune frère ?

— Peuh ! Vous ne savez rien de l'amour !

— Et vous ? Mais vous avez tout simplement oublié de grandir. Vous êtes restée à l'âge ingrat. Votre Trulane vous obsède. Je n'appelle pas cela de l'amour.

Excédée, elle affirma avec force :

— Moi si ! Mais vous n'y connaissez rien. Vous avez un stylo à la place du cœur. Alors à chacun ses idées. Gardez les vôtres et fichez-moi la paix !

Elle bondit hors de la voiture, mais pas assez vite. Il la saisit aux épaules, et proféra d'une voix étranglée par la fureur :

— En voilà assez sur le sujet de Louis Trulane. Je ne veux plus le voir comme un éternel obstacle entre nous.

— Vous êtes complètement stupide et vous m'agacez prodigieusement. Il serait préférable de ne pas nous voir pendant un certain temps.

Elle se dégagea et lui tourna le dos sans qu'il fît un geste pour la retenir. Appuyé au capot de la voiture, il la regarda se diriger vers les bâtiments du journal.

Atterré, il se passa la main dans les cheveux et s'efforça d'analyser la situation. Qu'avait-il fait ? Il s'était comporté en imbécile jaloux. Une attaque injustifiable. Sans doute ce temps lourd et orageux avait-il contribué à son énervement.

Comment avait-il pu oublier les preuves d'amour qu'elle lui avait données pendant la nuit ? C'est quand même avec lui qu'elle l'avait passée... pas avec Louis Trulane ! Il avait reçu d'elle tout ce qu'il attendait, tout ce que la vie lui avait refusé jusqu'alors.

Laura n'aurait pu l'injurier plus qu'il ne le fit lui-même. Les paroles peuvent causer autant de mal que les coups : et il s'était acharné sur cette femme qu'il aimait ! Mais enfin, comment avait-il pu... Car il l'aimait comme il n'avait jamais aimé auparavant. Une peur panique de la perdre l'avait poussé à cette violence verbale.

Finalement il se rendit compte qu'il cherchait inconsciemment à la protéger et à continuer seul l'enquête. L'épisode du serpent mort dans sa boîte contribuait à attiser son inquiétude. Pourquoi en voulait-on à Laura ? S'il avait trouvé un moyen pour l'empêcher de l'accompagner dans le

154

marais, elle n'aurait pas été bouleversée par l'attaque dont elle avait été victime.

En continuant son autocritique, il songea qu'il avait utilisé Louis comme bouclier afin de cacher à Laura la profondeur de son propre attachement. Lui qui savait toujours si bien organiser sa vie et son travail, voilà qu'il se trouvait pris au dépourvu !

En somme, les choses avaient mal tourné depuis le début de leurs investigations communes.

Voilà justement sur quoi il butait. Avant tout ils étaient journalistes et on leur avait confié une enquête. L'amour ne venait qu'en second.

Il décida d'achever le travail seul, dans la mesure du possible. Après quoi, il trouverait bien un moyen de lui faire accepter ses excuses. Et il ne mentionnerait plus son opinion personnelle sur Louis Trulane.

Et puis il faudrait faire comprendre à cette femme obstinée, intraitable, qu'il l'aimait. Et il ne lui demanderait pas son avis sur la question !

Chapitre 10

Laura fut ravie de se voir confier un nouveau reportage, dès son retour au journal. Le temps de saisir un bloc-notes neuf, de s'adjoindre un photographe, et la voilà partie, avant même que Matt ait rejoint la salle de rédaction.

Elle préférait ne pas le revoir tout de suite. Elle se sentait trop peinée et en colère. On l'envoyait sur les lieux d'un grave accident de voiture qui mobiliserait toute son attention. Du moins provisoirement.

Cependant, elle ne pouvait s'empêcher de réfléchir à ce qui s'était passé tandis que le photographe conduisait à toute allure vers le carrefour où avait eu lieu la collision. Elle trouvait que Matt se comportait de façon tyrannique et peu raisonnable dans ses rapports avec elle. Lui qui avait su la réconforter, la protéger, la rassurer quand elle avait eu si peur, comment pouvait-il se montrer si peu compréhensif pour les souffrances de Louis Trulane ?

Elle avait beau tourner et retourner la question dans son esprit, elle en revenait toujours à la même conclusion : et pourtant, elle aimait Matthew. C'était aussi simple que cela.

C'est sans doute pour cette raison qu'elle souffrait tant de son attitude. Il l'accusait d'être obsédée par le souvenir de Louis. Oh, que cela lui faisait mal ! Il ne voulait pas admettre que Louis avait été le héros d'une adolescente romanesque. Et puis le temps avait passé, changeant la nature de l'amour qu'elle lui vouait.

Elle éprouvait une sorte de tendresse pour Louis, comme peut en avoir une femme pour le premier garçon qui l'a embrassée, qui lui a offert des fleurs. C'était un élan sentimental dénué de passion physique et c'était charmant. Matt lui demandait de renoncer à ce souvenir, ou — pis encore — de l'entacher de soupçons.

Pour une femme comme Laura, aucune ombre ne devait ternir un si beau souvenir d'enfance. Cependant, Matt s'en servait pour la harceler d'une manière qu'elle ne comprenait pas. Il avait même insinué qu'elle pensait à Louis dans leurs moments d'intimité. Comment pouvait-il croire une chose pareille ?

Enfin la lumière se fit dans son esprit : c'était si évident qu'elle fut surprise de ne pas y avoir pensé plus tôt. Matt était jaloux, voilà !

Jaloux... quelle découverte intéressante ! C'était donc qu'il éprouvait pour elle un sentiment plus profond qu'elle n'aurait osé le croire ? A moins que ce ne fût tout simplement une manifestation de son mauvais caractère, qu'elle avait oublié dans les premières ivresses de la passion partagée.

Ils furent obligés de se garer bien avant le carrefour car l'accident avait perturbé la circulation.

— J'y vais à pied, déclara Laura au photographe. Vous me rejoindrez dès que possible.

A la même heure, Matt ne perdait pas son temps. Il se rendit au cœur de La Nouvelle-Orléans, dans le quartier du Vieux Carré. Malgré la chaleur intense, il se plaisait à y respirer l'odeur du fleuve mêlée à celle des fleurs. Mais il avait autre chose à faire qu'à flâner.

Au commissariat de police, il avait appris qu'aucun mandat officiel de recherche n'avait été émis après la disparition de Charles et Elise Trulane. Pour les autorités, il s'agissait de toute façon d'un départ volontaire, comme en témoignaient la missive laissée par la jeune femme et les affaires emportées par le couple. Si la police s'en contentait, tel n'était pas le cas de Matt, ce journaliste obstiné.

Ses questions s'étaient heurtées à un mur d'indifférence. Qu'importait la destination des amoureux ! Ils étaient partis, voilà tout ! En dix ans, beaucoup d'eau avait coulé sous les ponts... La police avait eu d'autres soucis depuis !

En désespoir de cause, Matt envisagea de s'adresser à Karl. Peut-être pourrait-il l'aider. Il se rendit dans un bar où il savait que le jeune juriste aimait étudier ses dossiers.

Il l'y trouva effectivement, plongé dans une masse impressionnante de papiers, un verre de bière plein à côté de lui.

— Comment allez-vous, maître ? dit Matt de but en blanc.

Karl leva la tête et la surprise se peignit sur ses traits.

— Tiens, Matt ! Qu'est-ce qui t'amène, mon vieux ?

— J'ai besoin d'un petit conseil technique.

Karl eut un sourire où Matt crut reconnaître avec émotion une certaine ressemblance avec Laura.

— Si je voulais acheter des actions, serait-ce rentable d'investir dans les transports Trulane ?

Karl se rappela sa bière et la vida d'un trait.

— C'est un sujet qui concerne plutôt ton agent de change que ton avocat ! D'ailleurs, ta requête est étrange ! Tu possèdes un portefeuille très solide et c'est toi qui me donnes des tuyaux d'habitude. Alors, pourquoi cette question ?

— Bon, je vais la formuler autrement. Suppose que je veuille spéculer avec une compagnie de La Nouvelle-Orléans ; celle des Trulane jouit-elle d'une bonne réputation ?

— Certes ! C'est une des plus solides de la région.

— Très bien.

Changeant de sujet, il s'enquit sans préambule :

— Sais-tu pourquoi personne n'a réclamé l'héritage d'Elise Trulane ?

— Comment es-tu au courant ?

— Je ne peux pas te révéler mes sources d'information. Secret professionnel oblige ! Mais quand même, cinquante mille dollars et les intérêts de cette somme accumulés depuis dix ans, ce doit faire un joli paquet. Il me semble que même un homme comme Louis Trulane pourrait l'utiliser.

— Il n'y a pas accès. L'héritage était au nom

d'Elise. C'est mon cabinet qui s'est occupé de l'affaire.

— Et la dame en question a laissé tomber ! Curieuse attitude, tu ne trouves pas ? Vous n'avez pas cherché à la joindre ?

— A mon tour de ne pas pouvoir répondre à ta question, Matt.

— D'accord. Alors, procédons par généralités. Lorsqu'une personne hérite d'une importante somme d'argent et ne la réclame pas, quelles mesures prennent les exécuteurs testamentaires pour trouver le bénéficiaire ?

— Oh ! la procédure classique : annonces dans la presse ; recherches par une agence privée, etc.

— Et s'il s'agit d'une femme qui ne veut pas que son époux la retrouve ?

— Toutes les investigations et la correspondance afférente sont confidentielles.

— Hum !

Matt réfléchit en traçant du doigt des dessins sur la buée de son verre. Un pianiste s'évertuait à tirer des sons discordants de son instrument situé dans un coin du bar.

— Karl, est-ce qu'Elise Trulane a laissé un testament ?

— Matt...

— Ecoute, Karl, disons que c'est officieux. Je n'en ferai pas état. Mais ce peut être un renseignement de la plus haute importance.

Pour un autre interlocuteur que Matt, Karl aurait trouvé une échappatoire dans un flot de jargon juridique. Mais il connaissait Matt depuis si longtemps !

— Non, répondit-il sans détour. Elise et Louis

avaient laissé chez nous un projet de testament, mais elle est partie avant de signer.

— Quels étaient les bénéficiaires ?

— Il s'agissait d'une formule de donation classique entre époux. Marion et Charles ont leur fortune personnelle.

— Substantielle, cette fortune ?

— C'est peu dire. Marion est très riche.

Il devança la question de Matt et ajouta :

— Les placements de Charles et ses économies continuent à fructifier, comme pour Elise.

— Intéressant.

— Enfin, vas-tu m'expliquer ?

— Je me renseigne.

— Y a-t-il un rapport avec l'enquête que tu mènes pour Susan en compagnie de Laura ?

— Oui.

Matt inclina son verre à droite, puis à gauche avant de regarder son ami.

— Tu as rencontré Susan ?

— Chez mon père, oui. Elle m'a parlé d'Anne et aussi de la disparition de ses lettres. Pourras-tu l'aider ?

— Nous essayons, mon vieux, nous essayons ! Mais tu nous rendrais service en t'arrangeant pour qu'elle patiente.

Karl rougit comme autrefois lorsque, jeune étudiant, il avait des amourettes.

— Je m'y emploie, avoua-t-il. Et toi, tu prends soin de Laura ?

Matt fit une grimace en se rappelant leur récente querelle.

— Une entreprise insensée ! lâcha-t-il avec un demi-sourire.

Karl eut un petit rire.

— Je te crois sur parole ! Dis donc, on reparlera de tout ça. Je n'ai pas le temps aujourd'hui.

— D'accord. Et merci.

Il serra la main de Matt avant de s'en aller, sa pile de dossiers sous le bras.

Resté seul, le journaliste fixa sa bière d'un regard pensif. Ces renseignements étaient trop décousus et ne menaient à rien. Quelle curieuse attitude pour deux amants de disparaître ainsi sans laisser de traces ! Se fâcher avec sa famille, passe encore, mais ne jamais réclamer son argent ? Et cela durait depuis dix ans !

Pour lui, il n'existait que deux explications possibles : ou l'amour leur avait fait perdre la tête, ou ils étaient morts. La deuxième lui semblait la plus plausible.

Il s'appuya au dossier de sa chaise et alluma une cigarette. A supposer qu'ils aient eu un accident, on les aurait quand même identifiés, non ? Il échafaudait des théories, des hypothèses et toutes le ramenaient à Anne Trulane. Et si l'une de ses suppositions se révélait exacte, il n'y avait plus un seul meurtre, mais trois !

Il regarda monter les légères volutes bleues et bougonna : trop tard ce soir pour vérifier l'emploi du temps de Louis le jour où son frère et sa femme avaient disparu ensemble. Demain c'était dimanche. Il fallait donc attendre lundi pour reprendre la piste. Mais, désormais, quelles que soient les réticences de Laura, il ne la lâcherait plus.

162

Sa décision prise, il se leva et se promit d'avoir une discussion décisive avec Laura.

Lorsque Matt pénétra dans la salle de rédaction, il trouva Laura plongée dans son article. Il s'installa en face d'elle, et jeta un coup d'œil à la pendule : l'heure du bouclage était sacrée.

Laura tapait sur sa machine avec une expression satisfaite et amusée. Pourtant il s'agissait d'un fait divers banal : un accrochage entre trois voitures. Pas d'accident de personne. Mais une note comique venait du fait que la femme du maire se trouvait dans une des voitures et que, perdant toute dignité, elle avait copieusement injurié le malheureux auteur de la collision. Or, celui-ci était un camionneur au physique d'athlète et la victime une petite créature diaphane, ce qui encore ajoutait du sel au récit.

Elle termina, poussa un soupir et tendit son papier au garçon. Juste à temps ! Quand elle leva les yeux, elle vit que Matt l'observait. Un flot d'émotions diverses l'envahit. Elles se résumaient en une brève constatation : elle aimait Matthew Bates.

— Je ne vous ai même pas vu entrer, marmonna-t-elle, en rangeant les papiers épars sur son bureau.

— Je viens d'arriver. Vous étiez très absorbée par votre travail.

Comme chaque jour à la même heure, la fièvre montait dans la salle de rédaction et les journalistes semblaient pris de folie.

— Laura, murmura Matt, avez-vous fini ? J'ai à vous parler. Puis-je vous emmener dîner ?

Surprise par ce ton plutôt cérémonieux, elle acceptait d'un simple signe de tête quand le téléphone sonna sur son bureau.

— Salle de rédaction, Laura Armand, répondit-elle.

Matt, qui ne cessait de l'observer, la vit changer de couleur, puis devenir livide.

— Excusez-moi, il y a beaucoup de bruit ici et je vous entends mal. Pouvez-vous parler plus fort ?

D'un geste, elle désigna à Matt le combiné de l'appareil posé devant lui. Il décrocha aussitôt.

Une voix sans timbre — d'homme ou de femme ? — ordonna :

— Ne vous mêlez plus de ce qui est arrivé à Anne Trulane.

— C'est vous qui m'avez envoyé le serpent ?

— Ce n'était qu'un avertissement. Le prochain sera vivant.

Un frisson glacé parcourut l'échine de Laura, mais elle se força à continuer d'une voix calme :

— C'est vous également qui m'avez attaquée la nuit dernière dans le marais ?

— Vous n'aviez rien à y faire. Si vous y retournez, vous n'en sortirez plus.

— Craignez-vous que je fasse une découverte compromettante ?

— Anne n'aurait pas dû aller dans le marais. Ne l'oubliez pas.

On avait raccroché.

Matt poussa une exclamation de dépit.

— Je n'ai pas eu le temps de l'enregistrer. Avez-vous un soupçon ? Reconnaissez-vous la voix ?

164

— Rien.

Il prit le bloc-notes où Laura avait instinctivement noté la conversation en sténo.

— Voilà quelqu'un que notre enquête dérange considérablement.

N'était-ce pas l'auteur des trois crimes qu'il soupçonnait ?

— Cela vous encourage à mettre la police sur la piste, soupira Laura.

— Et comment !

D'un geste las, elle rejeta ses cheveux en arrière et tenta de le dissuader.

— Ecoutez, Matthew, je ne prétends pas que vous ayez tort, mais je voudrais que vous me laissiez du temps pour réfléchir.

Comme il allait protester, elle lui imposa le silence de la main et poursuivit :

— J'ignore qui est mon correspondant mais, de toute évidence, il cherche à nous intimider pour que nous en restions là. Il obtiendra satisfaction au moins pour le week-end. Je veux mettre de l'ordre dans mes notes, les comparer aux vôtres, faire le point. Si nous décidons de nous adresser à la police, ce sera lundi, avec un dossier en bonne et due forme.

Intérieurement, il lui donnait raison, mais la situation lui semblait extrêmement déplaisante. Comment mettre Laura à l'abri ? Il n'avait que le week-end pour trouver un moyen.

Au lieu d'un dîner raffiné dans un bon restaurant, ils préférèrent, au dernier moment, acheter un repas tout préparé, qu'ils prirent sur un coin de table dans la cuisine de Laura. Après quoi, ils

165

étalèrent leurs notes pour faire le point. Celles de Matthew ressemblaient à des gribouillis informes.

Ecartant provisoirement leurs difficultés personnelles, ils se bornaient à étudier la question sous un angle purement professionnel.

Les sourcils froncés dans un grand effort de concentration, Laura essayait de classer les renseignements recueillis.

— Tout d'abord, dit-elle, nous avons le témoignage de Susan : sa sœur avait une peur morbide de l'obscurité, et encore plus du marais. Témoignage confirmé par Louis, Marion et Binney. Ensuite, le vol des lettres dans la chambre d'hôtel de Susan. Puis mon sinistre petit... cadeau ; une agression dans le marais ; et, finalement, ce coup de téléphone anonyme pour proférer des menaces.

Matt écrasa sa cigarette dans le cendrier et en alluma aussitôt une autre. Il se bornait à acquiescer en silence à chacune de ses phrases. Elle poursuivit :

— La première visite à Marion et Louis n'a pas donné grand-chose, sinon une certaine tension émotive dont vous préférez ne pas faire état.

— C'est utilisable à condition de rester objectif.

Laura faillit protester vertement, mais elle parvint à se dominer et enchaîna aussitôt :

— Passons à Brewster. Il était amoureux d'Anne et voulait qu'elle quitte son mari. Ce n'est pas une supposition puisqu'il l'a lui-même avoué.

Elle souligna le nom de Brewster au crayon rouge.

166

— Marion n'ignorait pas les sentiments de cet homme, mais elle a affirmé qu'Anne ne songeait pas à quitter Louis. Quant à Louis, d'après l'entretien que j'ai eu avec lui, ou bien il ne savait rien, ou bien il n'accordait aucune importance à cette situation puisqu'il a gardé Brewster parmi son personnel.

Laura se frotta la nuque d'un geste qui trahissait sa fatigue.

— Eh bien, conclut-elle, nous sommes d'accord pour trouver inexplicable la présence d'Anne dans le marais en pleine nuit. Il faut supposer qu'elle a agi sous la contrainte. A mon avis, Brewster est le suspect numéro un.

Matt feuilleta son carnet.

— J'ai parlé à Karl aujourd'hui.

— Ah ! Je ne vois pas le rapport.

— Je voulais des renseignements pour confirmer une certaine théorie.

— En quoi mon frère pouvait-il vous aider ?

— Il est juriste. En fait, j'ai eu de la chance, car ses associés ont eu à s'occuper de l'héritage d'Elise Trulane.

— Je ne comprends toujours pas la relation avec notre affaire.

— Il y en a pourtant une et je la crois de taille.

Il chercha un feuillet qu'il sortit de son bloc.

— Ecoutez ceci : Elise Trulane devait hériter de cinquante mille dollars. En comptant les dix années d'intérêts, cela fait une jolie somme, n'est-ce pas ? Eh bien, personne ne l'a réclamée. L'argent de Charles Trulane est également resté intact depuis la disparition de ce dernier.

Il feuilleta encore quelques pages et leva les yeux sur Laura :

— De plus il n'existe aucun avis officiel de recherche au nom d'Elise et Charles Trulane.

— Où voulez-vous en venir ?

— Vous le savez fort bien, Laura.

Elle se dressa brusquement.

— Vous les croyez morts. C'est possible. Un accident peut-être...

Elle s'interrompit d'un air songeur et Matt comprit qu'elle avait deviné ses soupçons. D'une voix blanche, elle balbutia :

— Vous croyez que cette prétendue disparition camoufle un double crime commis au domaine ?

— C'est bien possible. Je ne sais pas. J'essaye de raisonner de façon logique. Ils peuvent avoir changé de nom pour émigrer en Europe, en Orient, Dieu sait où.

— Certes, mais...

Laura soupira.

— Si nous suivons cette piste, elle se confond avec celle d'Anne et met Brewster hors de cause. Mais qui aurait un motif pour tuer ces deux personnes, sinon Louis ? Or il était en voyage à ce moment-là.

— En sommes-nous sûrs ?

Matt se leva, mal à l'aise : il savait que sur ce chapitre il devait se montrer prudent avec Laura.

— Il a son avion personnel qu'il pilote lui-même. Du moins le faisait-il à l'époque.

Elle comprenait parfaitement son allusion. Louis rentrant à l'improviste ; les amants surpris en flagrant délit. Un instant de folie... Dans un petit avion, les corps chargés en secret pouvaient être largués n'importe où. Laura était effondrée. Mais elle se ressaisit vite pour affirmer d'une voix calme :

— Ce sera difficile, sinon impossible, de vérifier les allées et venues de Louis lors d'une certaine nuit, il y a dix ans !

— Je commencerai dès lundi.

— Et moi je peux interroger Karl. Il saura quelle banque tenait leurs comptes.

— Non !

— Comment non ? Mais c'est un processus rationnel.

— Je ne veux pas que vous posiez d'autres questions.

— Ça par exemple ! Et comment continuer l'enquête alors ?

— Ecoutez, Laura, vis-à-vis du journal, nous menons cette mission à deux et nous en partageons les résultats. Mais, à partir de maintenant, je continue seul.

— Vous perdez la tête, protesta Laura dédaigneuse.

L'impassibilité de la jeune femme, son audace, peut-être, eurent raison du sang-froid de Matt. Il se mit à hurler :

— Mais, où vous croyez-vous ? Il ne s'agit pas d'un petit jeu pour savoir qui fera la une du journal !

— Je n'ai jamais considéré ma profession comme un jeu.

— Vous allez me gêner, m'encombrer !

— En ce cas, séparons-nous et agissons chacun de notre côté.

— Mais c'est dangereux ! Allez-vous le comprendre à la fin, tête de mule ? Vous avez été menacée trois fois et même agressée. Quel que soit le meurtrier d'Anne, il n'hésitera pas devant un autre crime.

Elle leva ses beaux sourcils et son regard vert prit encore plus d'éclat. Elle eut une moue hautaine pour déclarer :

— Je n'ai qu'à prendre mes précautions, voilà tout.

C'en était trop ! Matt la prit aux épaules et se mit à la secouer.

— Mais vous êtes inconsciente, ma parole ! Les avertissements que vous avez reçus valent un arrêt de mort !

— Lâchez-moi, Bates. Ces menaces me sont adressées parce qu'une femme est plus facile à intimider. C'est pourquoi vous criez d'ailleurs. Mais ce qu'on oublie, c'est que je suis aussi reporter. Pour faire un papier, extorquer la vérité et dissiper un mystère, il faut être prêt à tout dans ce métier. Y compris à accepter le danger.

— Que les autres affrontent ce qu'ils veulent, je m'en moque ! C'est vous que j'aime, Laura Armand !

En quelques enjambées il fut à l'autre bout de la pièce.

Fiévreusement, il bouscula ses papiers, à la recherche de son paquet de cigarettes.

Laura le regardait avec stupeur. Un vertige sans fond s'emparait d'elle. Avait-elle bien entendu ? Il cessa enfin de bougonner et de s'agiter ; alors, dans le silence qui envahit la pièce, un merveilleux bonheur la submergea.

Matt avait trouvé ses cigarettes mais il n'y

170

touchait pas. Il se contentait de fixer Laura. L'écho de sa phrase résonnait encore à ses oreilles. Eperdu, il se traitait de tous les noms : avait-il joué cette carte trop tôt ? Il bredouilla :

— Ai-je vraiment prononcé les paroles que vous avez entendues ?

— Oui, répondit-elle sérieusement.

Il enfonça les mains dans les poches pour résister à l'envie de la prendre dans ses bras.

— Est-ce là ce que vous vouliez ?

Elle lui jeta un regard étrange et fit un pas vers lui.

— Moi qui vous croyais perspicace et observateur ! Savez-vous, Matthew Bates, qu'en règle générale une femme qui aime un homme désire que ce soit réciproque ?

Le cœur battant, envahi d'une allégresse infinie, Matthew la supplia :

— Alors, dites-le moi ! Ne me faites pas languir !

— Matt...

Elle lui tendit les bras, étonnée qu'il n'ait pas lu sur ses traits ce qu'elle n'essayait même plus de cacher.

— Matthew, vous êtes le seul homme avec qui j'aie fait l'amour parce que vous êtes le seul que j'aie jamais aimé. Nul ne pourra rien y changer.

— Laura...

Mais elle lui imposa silence en posant ses lèvres sur les siennes. Il la serra dans ses bras, étourdi, éperdu d'amour. Elle était la femme de sa vie ; celle qu'il attendait depuis si longtemps !

— Redites-le, Laura, redites-le.

— Je vous aime.

Elle lui mit les bras autour du cou.

— Je ne voulais pas le dire avant, de peur de passer pour une folle. Il y a une heure encore, je me serais tuée. Je me demande depuis quand je vous aime...

— Moi je le sais, mais vous ne me croiriez pas !

Quand elle voulut protester, ce fut au tour de Matt de lui sceller les lèvres d'un baiser.

Un baiser fou, un baiser passionné ! Il avait cru l'aimer de toutes ses forces, mais il découvrait en lui des ressources inconnues pour l'aimer encore plus. Et il la sentait réceptive, enflammée par le même désir, la même soif d'union totale.

Elle savait que désormais elle pouvait se perdre dans ce domaine de volupté où il la plongeait dès qu'il la touchait et surtout dès qu'il l'embrassait. Quelle sensation merveilleuse de se sentir désirée ! Aimée ! Elle avait envie de lui parler, de lui dire tout ce qu'elle retenait en elle depuis si longtemps. Mais les mots attendraient. Leurs corps se cherchaient instinctivement, sans besoin d'explications.

Dans une chute souple, comme en rêve, ils se retrouvèrent allongés sur le sol. Rien ne comptait plus en dehors d'eux-mêmes. Sans mot dire, dans une hâte fébrile, ils se défirent de leurs vêtements et les jetèrent pêle-mêle sur le sol. Oh, le profond bonheur de se retrouver nus, l'un contre l'autre ! De promener ses lèvres sur un corps qui se livrait tout entier. De savourer une odeur tiède et déjà familière.

Il murmura son nom et Laura l'entendit comme dans un songe, tandis qu'elle sentait tout son être fondre de désir. Qui prenait l'initiative

des caresses ? Qui donnait ou demandait le plus ?
Ils ne connaissaient aucune retenue et s'étrei-
gnaient comme s'ils ne devaient jamais se revoir.

Une sorte d'angoisse, de frénésie, née sans
doute du danger ambiant, leur faisait découvrir
des voluptés nouvelles, des caresses toujours plus
intimes.

A leur ivresse se mêlait l'éblouissement de
l'amour partagé. Chacun d'eux pouvait se dire :
je suis aimé, unique, indispensable. Et leur désir
tumultueux trouvait dans cette certitude un élan
redoublé.

Matt effleura de ses lèvres la peau soyeuse
d'une épaule arrondie et Laura crispa les doigts
dans ses cheveux. C'est alors que leurs regards se
rencontrèrent, s'unirent, dans un silence plein de
promesses. Ils échangèrent un sourire, message
de complicité.

A nouveau, les soupirs se muèrent en gémissements et leurs lèvres se firent gourmandes, tandis
que leurs corps réclamaient l'accomplissement
de leur amour.

Quand le plaisir monta en eux, moins brutal
cette fois, plus durable et plus profond, il les
berça au rythme d'une houle irrésistible mais
sereine.

Les pensées, les soucis, les préoccupations
n'existaient plus. Seuls comptaient l'amour et
son assouvissement.

Puis ce fut l'explosion, un rayonnement si aigu
qu'elle crut mourir. Il criait son nom mais elle ne
l'entendait pas. Un déferlement d'ivresses nouvelles la souleva, l'emporta, et la laissa retomber,
exténuée, à demi inconsciente.

Quand elle ouvrit les yeux, il la contemplait avec une expression indéfinissable où elle crut discerner à la fois du triomphe, de l'appréhension et une infinie tendresse.

Chapitre 11

Il faisait nuit. Matt n'avait aucune idée de l'heure. D'ailleurs, peu importait. Etroitement enlacés dans le lit de Laura, tous deux savouraient la douce chaleur de leurs corps nus. Tels des enfants désordonnés, ils avaient jeté leurs vêtements pêle-mêle sur le tapis du salon la veille au soir et ils auraient bien voulu passer le weekend à dormir, faire l'amour et dormir encore.

Matt connaissait mieux Laura désormais. Il savait ce qu'elle aimait, ce qui l'irritait et ce qui l'amusait. Par Olivia, Karl, ou Laura elle-même, il s'était renseigné sur sa famille, son enfance et son adolescence. En revanche, elle ignorait tout, ou presque, de lui. Comme il l'avait blessée en éludant ses questions sur son milieu, ses origines ! Et malgré tout, elle l'aimait !

Laura ouvrit les yeux, se serra un peu plus contre lui et demanda d'une voix ensommeillée :

— A quoi pensez-vous ?

Il garda le silence un moment, puis lui caressa les cheveux d'un geste très tendre.

— Cette toile qui représente les bas quartiers de New York, je comprends qu'elle vous ait frappée. C'est le cadre de mon enfance.

Laura lui prit la main sans rien dire.

— La nuit, les personnes âgées ne s'aventu-raient pas dehors et, dans la rue, on ne voyait que des groupes. Il ne fallait pas sortir seul : il y avait trop de ruelles sordides et plus d'un lampadaire brisé. Les policiers y patrouillaient par deux ou en voiture. Pas une nuit ne se passait sans qu'on entende leurs sirènes.

Quel contraste avec la quiétude de cette cham-bre et la tendre créature lovée contre lui ! Pour-quoi réveiller ces souvenirs douloureux ? Pour tout partager avec cette femme qu'il aimait.

— Je travaillais pour un type qui tenait un kiosque à journaux. Un été, après avoir été cambriolé six fois, il en a eu assez et il a voulu se battre. Il s'est retrouvé à l'hôpital pour deux semaines. Il avait soixante-quatre ans. Moi, je ne suis resté immobilisé que deux jours.

— Oh, Matthew ! N'en parlez pas, si c'est douloureux !

— Je veux que vous connaissiez mes origines. Dans notre H.L.M. les escaliers sentaient l'huile rance et la sueur. Des relents dont on ne se débarrassait pas. En hiver on y gelait à cause des vitres brisées, des courants d'air. En été, on étouffait. L'odeur des poubelles envahissait l'im-meuble. La nuit c'était l'enfer : les prostituées et leurs clients, les vendeurs de drogue, les bandes de jeunes... La drogue, je n'y ai jamais touché : je tenais trop à ma santé. Mais les prostituées, parfois, quand j'avais économisé la somme néces-saire...

Il attendit sa réaction : allait-elle s'écarter de

lui ? Elle ne bougea pas et sa main resta dans la sienne.

Le cœur serré, Laura essayait d'imaginer sa détresse, sa révolte d'enfant défavorisé, puis ses efforts pour s'élever dans l'échelle sociale. Dans son appartement si confortable et meublé avec goût, il avait tout de même accroché cette toile car il n'oubliait pas ses racines, ni ce qu'il devait à la dure école de la vie. A elle de le comprendre.

— Quand ma mère est morte, mon père a disparu et c'est ma tante qui m'a recueilli. Je n'ai jamais connu de personne plus généreuse.

— Elle vous aimait.

— Oui. Elle avait beau s'user au travail, nous n'avions jamais assez d'argent. Dès que j'ai pu, j'ai contribué aux dépenses. Mais le loyer de ce taudis nous étranglait. J'avais juré de nous en sortir. Je savais bien ce que je voulais mais c'étaient des châteaux en Espagne. J'ambitionnais de devenir reporter dans un des plus importants journaux new-yorkais. Avec mon salaire, j'aurais installé ma tante dans un quartier agréable. Alors j'ai commencé comme coursier dans un quotidien et je me suis acharné sur mes études. Bien sûr je connaissais d'autres moyens de me procurer de l'argent, plus vite et avec moins d'effort. Mais ma tante en serait morte de chagrin. J'ai enfin décroché une bourse et je suis parti à l'université. Quand je revenais, aux vacances d'été, je ne pouvais me rappeler comme on gelait dans ces cages à poules, en janvier. Au bout de deux ans, j'avais économisé assez d'argent pour l'installer dans un appartement décent. Elle est morte à ce moment-là !

Laura nicha sa tête au creux du cou de Matt et murmura :

— Elle aurait été si fière de vous !

— Si j'avais mal tourné, j'aurais eu l'argent plus tôt !

Laura se dressa sur un coude et le regarda :

— Vous n'étiez pas fait pour cela, Matt !

Elle vit briller ses yeux dans la pâle lueur de la lune qui filtrait entre les rideaux.

— J'ai été tenté, avoua-t-il ; j'aurais tant voulu lui procurer au moins quelques mois de vie confortable ! L'adversité ne la rendait même pas morose. Quelle femme merveilleuse : elle savait si bien rire ! Je lui en garderai toujours une reconnaissance infinie.

— Moi aussi, dit Laura. Grâce à elle, je vous aime peut-être encore plus, Matthew.

— En pensant à nous, je me suis demandé comment ça pourrait marcher.

Il lui prit la nuque au creux de sa paume.

— Nous ne pouvions pas venir de milieux plus différents.

Il fut surpris de l'entendre rire :

— Que d'histoires pour si peu ! Cela ne compte pas dans l'amour.

— Je n'oublierai jamais cette photo de vous que Karl avait sur sa table, quand nous étions étudiants. Vous étiez si belle !

Laura aurait voulu lui expliquer combien les différences sociales comptaient peu pour elle, mais il poursuivait déjà :

— Je vous imaginais élégamment vêtue pour une garden-party : cela me donnait une envie folle de vous tenir dans mes bras. Mais je pensais alors que vous étiez destinée à un homme de votre milieu.

— Allons, protesta Laura, vous êtes encore jaloux de Louis !

— Non !

Il l'attira plus près de lui.

— Non, pas en ce moment !

— Ecoutez-moi une fois pour toutes ! s'écria Laura en se redressant sur un coude. Ce que j'éprouve pour vous ne peut absolument pas se comparer à mes sentiments pour Louis. C'était une passion enfantine. Marion et lui faisaient intimement partie de ma vie autrefois. Ils représentaient ma part de rêve, celle que nous avons tous dans notre jeunesse.

Matt se laissait persuader par la sincérité de son accent.

— D'accord, Laura, je crois que je comprends, en ce qui concerne le passé. Mais dans le présent ?

— Eh bien, maintenant, je m'inquiète pour eux, c'est tout. Je voudrais leur apporter de l'aide. Et en même temps je sais qu'il est en mon pouvoir de les faire affreusement souffrir. Voilà exactement où j'en suis. Et je ne reviendrai plus sur le sujet. Malgré votre obstination !

Il poussa un profond soupir et parut réfléchir à cette sorte d'ultimatum. Dans la pénombre, il voyait ses yeux briller de colère et il l'entendait respirer de plus en plus vite. Brusquement, il cessa d'hésiter et dit enfin la phrase qui lui brûlait les lèvres :

— Laura, voulez-vous m'épouser ?

Il la sentit se raidir de surprise. Puis ce fut le silence.

Tout à coup elle s'abattit sur la poitrine de Matt.

— Ah, vous vous décidez enfin! s'écria-t-elle dans un rire qui ressemblait à un sanglot.

Quand Laura s'éveilla, le soleil lui brûlait le visage et Matt lui mordillait l'oreille. Elle n'avait pas besoin d'ouvrir les yeux pour savoir qu'il ferait beau. Une longue pluie nocturne avait rafraîchi l'atmosphère. Elle s'étira en soupirant. Les lèvres de Matt s'approchèrent des siennes.

— J'aime la façon dont vous vous éveillez, murmura-t-il en posant une main sur sa hanche.

— Quelle heure est-il?

— C'est le matin! dit-il en lui couvrant la bouche avec la sienne.

Elle noua ses bras autour de son cou.

— J'aime tellement quand vous m'embrassez! Il rit et fit mine de lui dévorer l'épaule.

— Et moi, je suis tellement fou de vous! Quand nous marions-nous?

— Bientôt! Attendez un peu qu'on en parle à ma grand-mère, vous verrez...Mon Dieu! s'écria-t-elle en se redressant d'un coup de reins. J'ai failli oublier l'heure du déjeuner!

— Ce n'est pas exactement à cela que je pensais, protesta Matt en lui caressant la nuque.

— Oh, mais il n'en est pas question, Matt! Vous ne vous rendez pas compte! Le déjeuner du dimanche, c'est sacré à La Charmellière!

Elle se pencha pour regarder son réveil.

— Pas possible! Nous avons juste le temps. Ce serait dramatique d'arriver en retard.

Matt l'attrapa par la taille au moment où elle tentait de sortir du lit.

— La catastrophe c'est de s'arrêter en si bon chemin, affirma-t-il en lui caressant le dos.

Elle frissonna, se figea et attendit.

— Laura, mon amour, savez-vous faire la cuisine ?

— Euh, si vous n'êtes pas trop difficile, cela pourrait passer pour de la cuisine. Matthew, arrêtez, je vous en prie.

Elle lui emprisonna la main entre les siennes, tandis qu'il grommelait :

— Nous pourrions faire un petit repas en tête à tête, ici...

— Matthew Bates, écoutez-moi bien. Si vous envisagez de faire partie de ma famille, il y a certaines règles impérieuses auxquelles on ne peut échapper. Comme, par exemple, le déjeuner dominical avec mon père et ma grand-mère. Il ne faut pas plaisanter sur ce chapitre.

— Je suis contestataire de nature.

— Résignez-vous ! Grand-mère me pardonnerait toutes sortes d'écarts de conduite. Comme d'épouser un Yankee par exemple, mais jamais, au grand jamais de manquer le déjeuner hebdomadaire. Le seul fait d'arriver en retard ternit une réputation. Je ne veux pas courir ce risque.

Matt feignit de pousser un profond soupir de résignation.

— Que ne ferais-je pour cette chère Olivia !

Il libéra Laura qui se précipita hors du lit.

— Je vais prendre une douche rapide, s'écriat-elle de la salle de bains. En se dépêchant, on y arrivera peut-être.

— A deux, on perdra moins de temps sous la douche ! dit Matt en se glissant à ses côtés.

— Matthew ! protesta Laura.

Des deux mains appuyées sur sa poitrine, elle tenta de le repousser en riant.

— Vous n'êtes pas raisonnable !

— Dans certaines circonstances, non !

— Oh ! Vous êtes impossible, décréta Laura en cédant au fou rire.

Et elle s'abandonna dans les bras de Matthew.

Ils arrivèrent en retard.

Quand la voiture pénétra sous les cèdres de l'allée, Laura grommela :

— On aura droit au sermon !

Matt lui jeta un coup d'œil narquois et prit un air plein de sous-entendus :

— Cela valait la peine, non ?

— Matt, vous arborez l'expression du carnassier qui vient de dévorer sa proie ! Alors que nous devrions apparaître devant le cercle de famille avec un air humble et contrit !

— On pourrait peut-être essayer le coup de la crevaison ?

— Seul un accident grave nous obtiendrait l'indulgence. Or la voiture n'a pas une égratignure.

— Heureusement ! Quelle mentalité !

— Eh bien, ayons recours aux moyens désespérés : retardez votre montre de quinze minutes.

— Pardon ?

— Vite ! Faites comme moi. Un quart d'heure de retard sur nos montres.

— Vous exagérez, protesta Matt en garant sa

voiture à côté de celle de Karl, sagement rangée dans l'allée. Elle ne va quand même pas nous priver de dessert !

— Vous ne la connaissez pas ! Allons, prenez un air innocent, à supposer que cela vous soit possible.

— Vous savez, j'ai grande envie de vous déposer et de me sauver le plus vite possible. On se retrouvera en ville.

— Si vous faites cela, je ne vous adresse plus la parole ! Ah, voilà grand-mère !

Elle eut un sourire radieux et se précipita au-devant de la vieille dame, les bras tendus.

Elle l'embrassa fougueusement sur les deux joues et feignit de ne pas remarquer le regard glacial des prunelles d'émeraude.

— Grand-mère, s'écria-t-elle, tu as une mine resplendissante !

Olivia ne lui rendit pas son sourire et rétorqua d'un ton sans réplique :

— Tu es en retard !

— Mais non, je suis même en avance ! Et j'ai pensé que cela te ferait plaisir de revoir Matthew.

Elle comptait sur cet imprévu pour détourner les foudres de l'aïeule.

Matthew prit la main majestueusement tendue et l'effleura de ses lèvres.

— Madame, j'espère que vous ne me trouverez pas sans-gêne.

Elle les couvrit tous deux d'un regard impérieux et se borna à répéter :

— Vous êtes en retard !

Laura fit semblant de consulter sa montre.

— Mais, grand-mère, il est tout juste midi !

— C'est un truc vieux comme le monde, mais cela ne prend plus. Pourquoi êtes-vous en retard ?

Laura se passa la langue sur ses lèvres sèches en essayant d'inventer un gros mensonge.

— Eh bien, tu comprends...

Matt l'interrompit aussitôt.

— C'est ma faute, en réalité.

— Veuillez m'expliquer, jeune homme, en quoi vous êtes responsable de l'arrivée tardive de ma petite-fille.

— Je l'ai détournée de ses devoirs... dans la douche.

— Matthew ! s'écria Laura horrifiée.

Il y eut un long silence.

— Ah bien ! dit enfin Olivia. C'est une excuse valable.

Elle couvrit Matt d'un regard appuyé et parut réfléchir.

— Eh bien ! dit-elle enfin, vous avez mis du temps à vous décider. Le mariage est pour bientôt ?

Ce n'était pas une question, plutôt une affirmation. Matt eut un large sourire, tandis que Laura semblait avoir perdu la voix.

— Très bientôt, confirma-t-il.

— Bienvenue dans notre famille, s'écria la vieille dame, en renonçant à son air sévère.

Elle adressa un clin d'œil à Laura et tendit le bras à Matthew pour qu'il l'escorte jusqu'à la maison.

Quelle femme ! se dit Laura, je n'en connais aucune de cette envergure. Un élan d'amour et d'orgueil lui gonfla le cœur pour son incomparable grand-mère.

184

Olivia présidait la table avec sa majesté habituelle. Son fils avait pris place en face d'elle. Entre eux, la jeune génération. Comme à l'accoutumée, la maîtresse de maison avait bien fait les choses pour honorer la tradition dominicale. Nappe blanche damassée, cristaux étincelants, argenterie d'un luxe discret et fleurs dans tous les vases.

L'atmosphère était détendue et chacun participait avec aisance à la conversation. Laura remarqua que Susan avait bien changé depuis son installation à La Charmellière. Elle n'avait plus cet air traqué, affolé qui l'avait tant émue lors de leur première rencontre. Dans les regards qu'elle posait sur Laura se lisait une totale confiance.

Pour la jeune femme la recherche de la vérité s'imposa comme une tâche de plus en plus lourde.

Elle décida d'attendre le lendemain pour aborder le sujet et savoura son champagne sec et glacé. Pour le moment, il fallait profiter du présent. Ce jour était trop précieux pour le gâcher avec des chagrins et des soupçons. Et puis elle était amoureuse.

Elle se tourna vers Matt et leurs regards se croisèrent dans un échange muet de tendresse.

— Un jour, tu me remplaceras à la tête de cette table, Laura, déclara Olivia en découpant délicatement le rôti. Les traditions sont importantes. Elles comptent encore plus pour la génération montante. Quand vous serez mariés, Matthew et toi, vous pourrez vous installer dans l'aile ouest de la maison, et la considérer comme votre domicile fixe, ou comme un pied-à-terre. Nous avons assez de place ici pour ne pas nous gêner les uns les autres.

— Ils prendront leur décision en temps utile, mère, intervint William, ne les pressons pas. J'ai à leur parler d'autre chose, d'ailleurs.

Son regard effleura Susan. Matt et Laura comprirent qu'il s'agissait d'Anne Trulane.

— Aujourd'hui c'est dimanche, protesta Olivia, pour le moins aussi obstinée que son fils. Vous verrez cela lundi. Et tu ne m'empêcheras pas de faire des projets pour le mariage. A mon avis, le jardin serait un cadre magnifique pour une réception. Et nous pourrions organiser un buffet sur la terrasse.

— Eh bien, que diriez-vous du week-end prochain ? demanda Matt.

— Matt, protesta William, ne vous laissez pas bousculer ainsi ! Olivia est capable de vous intenter un procès de rupture de promesse, si vous revenez sur votre décision.

Olivia rit de bon cœur et prit entre les siennes la main de sa petite-fille.

— Parfaitement ! On ne le lâchera plus maintenant qu'on le tient. Pas vrai, Laura ?

Elle se tourna vers son fils.

— Et maintenant, William, à toi de poser à ton futur gendre toutes les questions voulues. Ne recule surtout devant aucune indiscrétion. Un père ne saurait se montrer trop prudent quand un homme lui demande la main de sa fille. Surtout s'il s'agit d'un Yankee !

— En réalité, s'interposa Laura, Matt m'épouse pour avoir la maison. Et puis je lui servirai de paravent pour faire la cour à Olivia !

— Laura ! s'exclama William scandalisé.

— Mais je ne dis que la vérité. Matt est fou d'Olivia.

— Matt, protesta Karl, tu n'es qu'un cachottier ! Je suis sûr que tu aimes ma sœur depuis que tu as vu sa photo dans notre chambre d'étudiants ?

— Eh oui ! Que peut-on contre le coup de foudre ?

Laura se tourna vers son père.

— Qu'en dis-tu, papa ? Tu me parais interloqué.

— Oui, je suis plutôt surpris ; il m'avait semblé que vous n'aviez guère de sympathie l'un pour l'autre. Mais tu ne peux pas savoir le plaisir que tu me fais, ma petite Laura.

Olivia se leva majestueusement, signifiant ainsi que chacun pouvait quitter la table.

— Susan, dit-elle, soyez gentille d'aller chercher dans mon coffret à bijoux un petit médaillon en or incrusté de perles.

Aussitôt que la jeune fille eut tourné les talons, Olivia s'adressa à son petit-fils :

— Alors, Karl, tu vas te laisser distancer par ce Yankee ? Il a tourné autour de Laura pendant une année entière. Tu ne devrais pas mettre la moitié de ce temps-là pour enlever le morceau !

Conscient de l'embarras de son fils, William mit une main sur l'épaule d'Olivia.

— Mère ! Contentez-vous d'une seule victoire pour aujourd'hui.

Sans se laisser intimider, Olivia poursuivit :

— Quand j'en aurai fini avec Karl, ce sera ton tour.

William éclata de rire.

— Chacun pour soi, dit-il à son fils. Je renonce à te défendre.

Il se tourna vers Matthew.

— Venez avec moi, j'ai quelque chose à vous dire.

Susan arrivait, le bijou à la main.

— C'est bien celui-ci que vous vouliez, madame ?

— Oui, merci.

Elle observa son petit-fils d'un air narquois.

— Karl, pourquoi n'emmènes-tu pas Susan faire un tour au jardin ? Cela lui plairait, j'en suis certaine. Alors, allez, mes enfants.

Elle se tourna vers Laura qui se pendit à son cou et l'embrassa fougueusement.

— Tu es heureuse, affirma Olivia attendrie.

— Oui.

Laura hocha la tête et se mit à rire.

— Si tu m'avais posé cette question il y a un mois... que dis-je, même une semaine... je n'aurais jamais imaginé alors que j'allais épouser Matthew Bates.

— Tu affirmais qu'il ne te plaisait pas du tout et même qu'il t'agaçait prodigieusement. Tu vois comme on change ! J'étais comme toi à ton âge.

— C'est le plus beau compliment que tu puisses me faire.

La vieille dame lui prit les mains dans les siennes.

— Quand nous aimons, c'est sérieux et nous nous donnons entièrement. Ton grand-père...

Ses yeux se remplirent de larmes et son visage se fit lointain.

— Ah, que je l'ai aimé ! Malheureusement nous n'avons eu que quinze années de vie commune. Quand il est mort, quel chagrin ! Mais la vie continue et il faut en profiter. Les autres, après lui, étaient...

Elle hocha la tête et sourit.

— Oh, ce n'était que pour le plaisir ! Je les aimais bien. Mais je n'en ai vraiment aimé qu'un seul. Toi, tu peux comprendre cela. Et ton Yankee aussi.

— Oui.

Très émue, Laura murmura :

— Je t'aime énormément, grand-mère !

— C'est réciproque mon enfant. Tu sais, je peux te prédire des moments difficiles avec le caractère que vous avez tous les deux... Mais ce n'est pas grave, tu verras.

Elle lui tendit le médaillon.

— Tiens, je te le destinais et j'attendais ce moment pour te le donner. C'est le cadeau de fiançailles de ton grand-père. Je l'ai mis le jour de notre mariage. Je serais heureuse que tu en fasses autant.

— Oh, il est ravissant ! Mais pourquoi ne le portais-tu jamais ?

— Je l'ai rangé quand mon mari est mort. Il est temps qu'il retrouve son éclat au cou d'une jeune mariée.

— Merci mille fois, grand-mère.

Laura embrassa Olivia et serra dans sa paume le bijou exquis dont les petites perles brillaient d'un éclat blanc bleuté sur le jaune délicat de l'or. Ce serait bien joli sur une robe blanche de style romantique, avec une longue traîne, et garnie de dentelle...

— Laura à quoi penses-tu ?

— Ce n'est rien, grand-mère. Je me rappelle seulement que je dois téléphoner. Je reviens tout de suite.

Dans le bureau, elle composa de mémoire le numéro des Grands Chênes. Le médaillon dans la main, elle en évoquait un autre, trouvé dans la vase du marais.

— Ici Laura Armand, dit-elle très vite, quand Binney répondit. Je vous en prie, ne vous fâchez pas si je vous questionne à nouveau et si j'insiste. Je vous assure que je ne peux pas faire autrement. Il ne faut pas m'en vouloir, Binney.

— Mademoiselle Laura, je ne suis qu'une domestique ; je n'ai pas à me fâcher contre vous. Ni d'ailleurs à répondre à vos questions.

— Je sais, Binney, vous avez raison. Mais il me faut un renseignement très, très important. Il s'agit d'un médaillon.

Au bout du fil, le silence. Haletante, Laura reprit :

— Louis a donné un médaillon à Elise pour leurs fiançailles. Elle le portait le jour de son mariage et je l'ai toujours vu à son cou. Vous souvenez-vous de ce bijou ? Elle y avait glissé la photo de Louis. Binney, je suis sûre que vous savez ce que je veux dire.

— Oui. Elle le mettait même avec ses robes du soir.

— Une autre question, Binney : Elise avait-elle peur des marais ?

190

— Tout cela remonte à bien des années, Mademoiselle Laura.

— Je vous en prie, Binney ! Vous étiez déjà dans la maison, vous viviez auprès d'Elise.

— Eh bien, répondit Binney à contrecœur, elle connaissait trop les légendes pour ne pas en avoir peur comme tout le monde.

— Mais il lui arrivait d'y aller, non ?

— Jamais sans M. Louis.

— Ah oui... seulement avec Louis... Merci, Binney.

Laura exhala un profond soupir et raccrocha. Puis elle glissa le médaillon dans sa poche et sortit à la recherche de Matt.

Elle le trouva sur la pelouse, l'air inquiet.

— Qu'avez-vous, Laura ?

Elle se jeta à son cou et posa la tête contre sa poitrine. Pour un moment, elle se contenta de l'impression de force, de protection, qu'elle trouvait dans ce refuge. Cependant, subsistait en elle le déchirement que lui inspirait la pensée de Louis, son amour de jeunesse.

— Matthew, qu'avez-vous fait du morceau de médaillon trouvé dans le marais ?

— Je l'ai porté au laboratoire de la police pour qu'on l'examine.

Il la tint à bout de bras pour étudier son expression.

— Pourquoi ?

— Parce que je sais ce que donnera l'expertise : ce bijou a séjourné dans la vase, au milieu des végétaux en décomposition, de plus en plus enfoncé dans les herbes. Et cela pendant une dizaine d'années.

— Dix ans ?

Il poussa un cri en comprenant où elle voulait en venir.

— Il appartenait donc à Elise ?

— Oui. Soudain je me suis rappelé que je l'avais toujours vu au cou d'Elise. J'ai téléphoné à Binney pour m'en assurer.

Emu de la voir si bouleversée, le cœur plein d'amour, Matt se fit l'avocat du diable.

— Cela ne prouve en rien la culpabilité de Louis. Elle peut l'avoir perdu à n'importe quel moment.

— En effet, ce n'est pas une preuve flagrante. Mais d'après Binney, Elise ne se rendait jamais seule dans les marais. Elle n'éprouvait pas la peur d'Anne, mais elle connaissait les mêmes légendes.

Conscient du débat intérieur qui faisait tant souffrir Laura, Matt oublia sa jalousie et ses rancœurs. Il lui prit doucement le visage entre ses paumes.

— Je suis désolé, Laura !

Elle lui saisit les poignets et les serra de toutes ses forces.

— Oh ! Moi aussi, Matt. Si vous saviez...

— Je crois qu'il faudrait informer votre père de ce que nous avons appris. Mais ne disons rien à Susan pour le moment. Quant à la police, nous n'avons encore rien de très précis à lui fournir.

— Vous avez raison. Mon père peut sans doute user de son influence pour faire ouvrir à nouveau l'enquête sur la mort d'Anne et commencer des recherches sur la disparition d'Elise et de Charles.

— Il faudra bien en venir là, en effet.

— Oh! Matt, si nos hypothèses se révèlent exactes... imaginez ce que cela représente! Louis doit être terriblement malade. Je pense que la fuite de Charles et d'Elise l'a rendu fou de rage et que, depuis, cette fureur n'a cessé de le ronger. Puis sa rencontre avec Anne...

Elle se couvrit les yeux de ses mains. Serait-elle jamais capable de se montrer réaliste et de faire la part de l'émotivité?

— Matthew, soupira-t-elle, Louis a besoin d'aide. Pouvez-vous seulement entrevoir dans quelles atroces ténèbres il se débat depuis dix ans?

— Nous l'aiderons, Laura. Mais...

Il la prit aux épaules et elle laissa retomber ses mains pour le regarder en face.

— Nous devons d'abord apporter des preuves, dit-il. A mon avis, si nous commençons par nous renseigner sur Elise et Charles, cela nous mènera certainement aux circonstances de la mort d'Anne. Mais, ce sera une terrible épreuve pour vous.

— Je sais. Pourtant, c'est nécessaire.

Elle remarqua une certaine expression dans les yeux de Matthew.

— A quoi pensez-vous?

— Aux pressions à exercer judicieusement, dit-il d'un air absent.

Il reporta son attention sur Laura.

— A mon avis, Louis doit être à bout. Il vous a déjà envoyée promener trois fois. D'après vous, quelle serait sa réaction s'il voyait ce débris de médaillon ?

— Il ne résistera plus.

— C'est bien ce que je pense. Eh bien, il faudra retourner le voir demain !

Chapitre 12

Les feuillets couverts de notes étaient encore éparpillés sur le bureau de Laura et les restes de leur repas traînaient sur la table de la cuisine. Des vêtements gisaient çà et là sur le tapis. Laura referma derrière elle la porte d'entrée et fit un pas à l'intérieur.

— Matthew, regardez votre désordre ! s'exclama-t-elle.

— Par exemple ! Mais c'est votre apparte ment ! D'ailleurs...

Il repoussa du pied sa chemise de la veille abandonnée au pied d'un fauteuil, et s'y laissa choir.

— ... c'est bien vous qui m'avez attiré dans un... tendre guet-apens. Et ce matin, vous m'avez sorti d'ici en vitesse, comme s'il y avait le feu !

Ils tentaient de plaisanter tous les deux pour reculer le moment où il leur faudrait affronter l'affaire qui les préoccupait tant.

— Eh bien, déclara Laura avec une aménité exagérée, puisque j'ai déjà savouré vos caresses et mon déjeuner, nous pouvons commencer à mettre un peu d'ordre.

— J'ai une meilleure idée ! murmura Matt en

la prenant dans ses bras ; si on ajoutait encore à ce fouillis ?

— Matthew !

Mais déjà les lèvres de Matt lui imposaient silence et ses doigts s'affairaient à déboutonner sa robe.

— Arrêtez ! protesta Laura tout en riant. Mais vous êtes fou ! Obsédé ma parole ! Ecoutez, il y a quelques heures seulement que... oh...

Elle avait beau se débattre, tout son corps attendait l'homme qu'elle aimait.

— Quelques heures, c'est long... murmura-t-il, en dévorant ses lèvres.

Laura fit un dernier effort.

— Nous avons du travail à faire et...

— Mmmm ! Une femme qui résiste ? Cela fouette encore plus mon désir !

— Oh !

Sans plus attendre, il la souleva de terre et l'emporta vers la chambre.

— Matthew ! Vous perdez complètement la tête !

— C'est vrai !

Il la déshabilla en un tour de main, laissa tomber à terre robe et chaussures.

Le souffle coupé, elle se retrouva sur le lit, le corps de Matthew pesant sur le sien.

Et ce fut de nouveau le tourbillon des merveilleuses sensations, la fièvre de la volupté et des abandons. Il l'entraînait avec une douce vigueur dans un tel délire sensuel qu'elle avait peine à le suivre. Mais il veillait à ce qu'elle se plie à son rythme et l'accompagne dans toutes ses découvertes.

Laura ne savait pas qu'elle criait de plaisir. Il lui semblait par moments voir tournoyer en elle une boule de feu.

Loin de toute pensée cohérente, elle n'était plus que sensations et un désir fou de tout donner, de tout prendre, de tout accepter.

Les mains et les lèvres de Matt parcouraient sa peau. Ils étaient libres. Rien ne les retenait de savourer avec délices l'extase tumultueuse de leurs jeunes corps avides de joies charnelles.

Laura croisa les bras derrière la nuque de Matt et rit de bonheur : désormais leur existence serait parsemée de ces moments lumineux où leur amour les soudait l'un à l'autre dans un échange sans contraintes.

Ce fut lui qui décida de l'instant où le paroxysme du plaisir devait leur faire découvrir des sommets qu'ils croyaient impossibles à atteindre. Puis il retomba près d'elle, épuisé, haletant. Longtemps ils restèrent enlacés dans la moiteur de leurs corps réunis.

Quand elle retrouva son souffle et le fil de ses idées, Laura se mit à caresser rêveusement le torse de Matt.

— Mon amour, dit-elle, je sais très bien ce que vous avez voulu faire pour moi...

— Vous croyez que je vous ai fait l'amour par charité ?

— Mais non ! Simplement, vous aviez deviné ma tension intérieure et vous saviez que j'essayais d'oublier ce qui nous attendait. Autrement dit, j'ai eu un accès de lâcheté.

— Le mot est mal choisi, ma chérie. Ce que vous éprouviez était très humain. Vous aviez besoin d'oublier, de vous abandonner. Je vous ai emmenée bien loin de vos soucis.

Il se mit à rire, la recouvrit de nouveau de son corps puissant et ajouta d'un air malicieux :

— Cela valait mieux qu'un cachet d'aspirine, n'est-ce pas ?

Elle rit à son tour et se mit à l'unisson de cette humeur joyeuse.

— C'est vrai ! Alors désormais vous serez prié d'être disponible chaque fois que j'aurai une migraine.

Elle couvrit son visage de baisers et ajouta :

— Matthew, je suis capable d'affronter cette épreuve. Je vous le promets.

Il n'en était pas si sûr mais il lui accordait le bénéfice du doute.

— Bon. Je vais aller au laboratoire chercher ce médaillon et voir ce qu'ils ont trouvé.

Elle acquiesça d'un signe de tête.

— Et munis de cette pièce à conviction, nous irons trouver Louis.

Il décida d'y aller seul mais se garda bien de lui en faire part. On verrait le moment venu.

— Si cela ne suffit pas pour qu'il s'effondre, nous serons obligés de faire appel à la police.

— D'accord, murmura Laura d'une voix éteinte, le cœur serré.

Matt s'assit au bord du lit et chercha du regard ses vêtements épars sur le sol.

— Savez-vous, dit Laura, pendant que vous allez au laboratoire, je vais travailler pour vous. Vous me croirez si vous voulez, vous êtes le premier homme à qui je fais cette proposition.

Il s'arrêta net dans un mouvement et s'exclama :

— Fabuleux ! De quoi s'agit-il ?

— Je vais vous préparer un repas !

— Laura ! C'est trop ! Je suis comblé !

— Attendez d'avoir mangé... Vous courez des risques ! Achetez du bicarbonate en passant. Cela peut servir. Et prenez ma clé pour ne pas me déranger pendant que j'officierai dans la cuisine.

— Ne vous inquiétez pas. Je serai de retour dans une heure environ.

Dès qu'il fut sorti, elle bondit hors du lit, s'habilla en un tour de main et rangea prestement la pièce en désordre. Puis elle passa dans la cuisine et fit l'inventaire de ses provisions. Les sourcils froncés dans une profonde concentration, elle feuilletait son livre de cuisine quand le téléphone sonna.

— Allô ?

— Oh, Laura, Dieu merci je te trouve chez toi !

— Marion ? Que se passe-t-il ?

Elle se raidit d'appréhension.

— Laura, je ne savais pas quoi faire. A qui téléphoner sinon à toi ? Il s'agit de Louis.

— Il est blessé ? Malade ?

— Non... Je ne sais pas...

Sa voix se brisa et elle éclata en sanglots.

— Marion, calmez-vous et dites-moi ce qu'il y a.

— Je ne l'ai jamais vu dans un tel état, dit-elle d'une voix haletante. Toute la journée, il a refusé de me parler. Oh ! Laura, j'ai besoin d'aide.

— Je vous aiderai si je le peux, Marion, mais essayez de m'expliquer ce qui ne va pas.

199

— Il a eu un effroyable accès de rage tout à l'heure. Il délirait complètement et prononçait des phrases incohérentes où il était question d'Elise, puis d'Anne.

— Où est-il maintenant ?

— Il s'est enfermé dans sa chambre et on dirait qu'il casse les meubles.

— Il faut appeler un médecin.

— Il a toujours refusé d'en recevoir un. Mais il n'a jamais subi une crise pareille. En raison de votre vieille amitié, tu pourrais peut-être avoir une influence sur lui. Je t'en prie, viens. Je ne veux pas qu'un étranger le voie ainsi.

— Bien, Marion, j'arrive.

— Mais, Laura, tu viens en amie... pas en journaliste, n'est-ce pas ?

— Naturellement, Marion.

Laura raccrocha et contempla sa cuisine en désordre avec les provisions étalées sur la table. Que penserait Matt de son absence ?

Matt rentrait avec un sac chargé de bouteilles. Il mit la clé dans la serrure et cria en entrant :

— J'ai acheté du vin blanc et du rouge, parce que je ne savais pas ce que vous nous prépariez. Tiens, ça ne sent pas le brûlé !

Il pénétra dans la cuisine et leva les sourcils. Toutes ces provisions sur la table ! Mais où était-elle ?

— Vous vous donnez trop de mal, Laura ! Je connais un bon petit restaurant pas loin...

Pas de réponse. Il fit le tour de l'appartement. Personne. Au fur et à mesure qu'il ouvrait des portes, l'appréhension, puis la peur lui crispèrent l'estomac.

Enfin il aperçut un billet près du téléphone ; mais avant même de l'avoir lu sa peur devenait de la panique.

« Matthew, Marion m'a téléphoné. Elle est bouleversée parce que Louis semble pris d'une crise de folie furieuse. Il s'est enfermé dans sa chambre où il casse tout. Elle a besoin d'aide. Je n'ai pas pu refuser. »

Matthew froissa le papier qu'il jeta à terre dans un geste de fureur. Puis il se rua vers la porte.

Le jour déclinait lorsque la voiture de Laura s'engagea dans l'allée bordée d'arbres qui conduisait aux Grands Chênes. Plus une brise n'agitait l'air lourd. Un chant d'oiseau résonna, solitaire, puis ce fut le silence. Dès que Laura s'arrêta devant le perron, Marion descendit vers elle en courant.

Sa coiffure, d'ordinaire impeccable, était en désordre et des larmes coulaient sur ses joues pâles. Laura ne l'avait jamais vue perdre son calme.

— Oh, mon Dieu, Laura ! gémit-elle, je n'ai pas pu le retenir. Rien à faire !

Le cœur étreint d'angoisse, Laura bafouilla :

— Qu'a-t-il fait, Marion ?

— Le marais... Il est parti vers le marais.

Elle se couvrit le visage des deux mains et se mit à sangloter.

— Je crois qu'il est devenu fou. Il lançait des phrases incohérentes. Il m'a même bousculée.

Oh, il n'est pas mort, Dieu merci ! Songea Laura en s'efforçant de se dominer.

— Essayez de vous rappeler ses paroles.

Marion eut un regard égaré.

— Il disait qu'il allait retrouver Elise.

— Elise ? Mais...

— Il faut agir, la supplia Marion en s'accrochant à son bras. Essayons de le retrouver. Il ne sait plus ce qu'il fait.

— Dans le marais ? Il vaudrait mieux appeler la police.

— Non ! Pas la police ! Pas pour Louis !

Elle lâcha Laura et parut reprendre ses esprits.

— Je peux le trouver moi-même. Je connais les sentiers du marais aussi bien que lui. Tu n'es pas obligée de venir avec moi. Je ne veux pas t'en demander trop.

Sur ces derniers mots, elle partit en courant.

Les mains crispées sur les tempes, Laura évoquait son enfance.

Sur son premier poney : c'était Louis qui la conduisait. Sa première leçon d'échecs : Louis encore. Et Louis qui écoutait ses confidences d'adolescente. Comment ne pas aider Marion à lui porter secours ? Même s'il était devenu un criminel.

— Marion, cria-t-elle, attendez-moi, je viens avec vous !

Déjà parvenue à l'autre bout de la pelouse, Marion s'arrêta dans sa course et Laura la rejoignit.

Elles se dirigèrent d'un pas rapide vers le marais. Laura s'efforçait de vaincre la répulsion que lui inspirait toujours l'odeur fade qui montait de cette végétation pourrissante. Il fallait sauver Louis.

Les ombres du crépuscule s'allongeaient sur le sol. La lumière faiblissait. Il leur restait à peine une heure de jour. Le temps pressait.

Marion en tête, elles pénétrèrent dans la zone des marécages.

— Peut-être est-il parti du côté du fleuve, là où on a trouvé Anne, suggéra Marion.

Laura se demanda ce que Marion savait, ou dans quelle mesure elle soupçonnait son frère. Mais ce n'était guère le moment de la questionner.

— Marion, ça ira ? interrogea Laura d'une voix inquiète.

— Il le faut. Mon frère...

— Nous le retrouverons, affirma-t-elle pour l'encourager.

Elles progressaient lentement, côte à côte. Quand le sentier devint trop étroit, Laura marcha la première. Le marais grouillait de vie cachée : on entendait les oiseaux, les insectes et, par moments, le glissement des reptiles. Un héron cendré s'éleva d'un vol gracieux et se laissa porter par la brise. On approchait du bord de l'eau.

— Marion, si on l'appelait ? proposa Laura, pour ne pas l'effrayer en débouchant à l'improviste sur la rive.

Comme Marion ne lui répondait pas, Laura se retourna. Et resta glacée d'horreur.

Marion était immobile, derrière elle, et les derniers rayons du soleil se reflétaient sur le canon du fusil qu'elle tenait dans les mains.

Bouche bée, Laura contemplait ce visage pourtant familier qu'elle ne reconnaissait plus. L'expression était dure, celle d'une étrangère.

Paralysée de terreur, Laura s'efforça de parler d'une voix calme.

— Marion... que faites-vous ?

— Ce que je dois faire.

La réponse était sèche, coupante. Laura s'obligea à soutenir le regard des yeux gris.

— Vous ne cherchez pas Louis ? Vous savez donc où il est ?

— Bien sûr. Dans son bureau. Il y a travaillé tout l'après-midi.

— Tout l'après-midi, bégaya Laura pétrifiée. Mais... en ce cas, pourquoi m'avoir téléphoné ?

— C'est vous qui m'y avez obligée, concéda Marion avec un sourire glacial. Après notre conversation téléphonique de ce matin au sujet du médaillon d'Elise, je savais déjà que les choses étaient allées trop loin.

— Notre conversation ? Mais c'est à Binney que j'ai... Ainsi c'était vous ?

— Ta mémoire t'a trahie. Avais-tu oublié que Binney passe le dimanche chez sa sœur ?

Le sourire s'effaça des lèvres de Marion et elle prit un air contrarié.

— Tu me déçois beaucoup, Laura. Je t'avais pourtant avertie de ne pas te mêler de cette histoire. Imagines-tu les désagréments que tu aurais provoqués en parlant vraiment avec Binney ? On n'a pas idée de forcer une domestique à se montrer indiscrète quand il s'agit d'affaires de famille. Tu n'as pas été élevée de cette façon !

Couverte de sueur, les jambes tremblantes,

Laura comprit qu'elle se trouvait en présence d'une folle.

— Alors, conclut Marion d'un ton calme, il faudra que je te punisse. Comme les autres...

Matthew vit la voiture de Laura et s'arrêta juste à côté dans un grincement de freins. Il bondit au-dehors et grimpa quatre à quatre les marches du perron. Les dents serrées, il lâchait des jurons à la chaîne. S'il lui a fait du mal... s'il a seulement levé la main sur elle... il va voir...

De son poing fermé, il martela la porte d'entrée.

— Trulane ! s'écria-t-il, en agrippant Louis par sa chemise, quand il lui ouvrit. Où est Laura ?

— Lâchez-moi, espèce d'énergumène ! protesta Louis.

— Qu'avez-vous fait de Laura ?

— Mais je ne l'ai même pas vue ! Allez-vous-en, Bates ! Je n'ai rien à vous dire.

— Si ! Où se trouve Laura ?

Louis tremblait de colère. Matthew devina son envie d'user de ses poings.

— Pourquoi devrais-je le savoir ?

— Comment expliquez-vous que sa voiture soit devant votre porte ?

Louis fronça les sourcils et parut étonné.

— Sans doute est-elle venue voir ma sœur.

— C'est Marion qui lui a téléphoné pour lui demander de l'aider. Il paraît que vous faisiez une crise de folie furieuse. Laura m'a laissé un mot.

— Mais c'est vous qui êtes fou ! Je travaillais dans mon bureau.

Matthew essayait de réfléchir. Il pourrait assommer Louis d'un seul coup de poing. Mais cela ne le renseignerait pas.

— Vous pouvez fouiller la maison, laissa tomber Louis sèchement.

— C'est bien mon intention. Et pendant que je m'y emploie, regardez donc ceci et dites-moi ce que vous en pensez.

Il lui tendit le bijou abîmé, trouvé dans le marais.

Louis lui saisit le poignet dans une étreinte brutale, les ongles plantés dans sa chair.

— Le médaillon d'Elise ! Où l'avez-vous trouvé ?

— Dans le marais. Laura l'a reconnu et a questionné votre domestique à ce sujet, ce matin même, au téléphone.

— Binney ? Sûrement pas. Aujourd'hui, elle est de sortie. Vous dites que vous avez trouvé le médaillon dans le marais ?

Louis releva la tête. Il était blême.

— Dans le marais ? répéta-t-il. Elise n'y allait jamais sans moi. Et elle portait toujours ce bijou. Elle l'avait le jour où je suis parti pour New York, la laissant ici... Je ne comprends pas où vous voulez en venir.

Matt sentait une angoisse nouvelle le dévorer.

— Laura m'a dit qu'elle avait téléphoné vers midi et parlé avec Binney.

— Impossible : le dimanche, Marion et moi sommes seuls ici.

— Marion... répéta Matt d'un air rêveur.

Marion qui avait téléphoné. Marion qui les

avait — volontairement ? — lancés sur la piste de Brewster. Marion, toujours Marion.

— Où est-elle ? s'écria soudain Matthew. Où est votre sœur ? Vous ne comprenez donc pas que c'est elle qui retient Laura ? Peut-être dans le marais... comme les autres.

— Enfin ! explosa Louis. De quoi parlez-vous ? Quels autres ? Et pourquoi ma sœur retiendrait-elle Laura dans le marais ? C'est absurde !

— Absurde ? Votre sœur est une meurtrière. C'est elle qui a tué les trois autres. Et maintenant, Laura est en son pouvoir.

— Vous êtes fou !

— Non.

Il ouvrit son poing serré sur le médaillon et le montra de nouveau à Louis.

— L'autre soir, Laura et moi sommes allés dans le marais. Quelqu'un l'a agressée. La même personne sans doute qui lui a envoyé le crotale mort dans une boîte. Et qui l'a menacée un autre jour, au téléphone. La même encore qui l'a fait venir ici, aujourd'hui. Laura est accourue à votre secours, Louis. M'aiderez-vous à la retrouver ?

— Attendez-moi, j'arrive, répondit Louis sans hésitation.

Il pénétra dans la pièce dont il ressortit bientôt, un petit pistolet à la main. Il était de nouveau livide. Il tendit l'arme à Matthew et balbutia :

— Elle a pris le fusil.

Ne manifester aucun signe de nervosité. Et surtout ne pas chercher à s'enfuir, se répétait Laura pour tenter de dominer sa terreur. Comme elle paraît calme ! On dirait qu'elle va m'offrir une tasse de thé et des petits gâteaux. Il faut parler. A tout prix. Elle avala péniblement sa salive.

— Me punir ? répéta-t-elle, comme les autres ?

— Il le fallait.

— Pourquoi, Marion ?

— Laura, tu as toujours été une enfant intelligente. Mais pas assez pour comprendre la situation.

Elle lui sourit gentiment, comme à une fillette sage.

— Regarde comme j'ai pu te leurrer facilement au sujet de Brewster. Rien qu'en te disant la vérité, pourtant. Voyons, tu sais bien qu'Anne n'aurait jamais quitté Louis. Elle l'adorait.

— Alors, pourquoi l'avoir punie ?

— Elle n'aurait pas dû revenir, soupira Marion.

— Je ne comprends pas.

Laura jeta un bref coup d'œil par-dessus la tête de Marion. La distraire l'espace d'un instant et en profiter pour se glisser dans les fourrés, hors de sa vue...

— Oh, elle a bien trompé son monde, surtout Louis ! Mais pas moi. On ne me trompe pas si facilement. Bien sûr, j'ai fait semblant. Mais je savais que c'était Elise qui revenait chez nous. Alors comme elle était morte ici la première fois, c'est ici qu'elle devait mourir encore.

Une vague d'horreur submergea Laura. Cette femme était folle. Une mythomane. Il fallait absolument continuer à lui parler, détourner son attention.

— Et pourquoi avoir tué Elise la première fois ?

— Elle n'avait aucun droit ! hurla Marion brusquement. Aucun droit sur la maison. Elle m'appartient. Depuis toujours. Louis voulait la lui laisser dans son testament. A elle, qui n'avait pas une goutte de sang Trulane ! Elle n'était pas des nôtres. C'est moi l'aînée. La maison me revient de droit. Notre père n'aurait pas dû la léguer à Louis.

Elle tremblait mais ne lâchait pas son arme.

— Je l'ai toujours aimée, ma maison. Mon domaine. Tout entier. Avec le marais et le reste.

Elle jeta un regard circulaire et ajouta d'une voix émue.

— Je n'ai jamais rien aimé d'autre. Ni personne.

Mais pourquoi Elise ? s'étonna Laura.

Quelle horreur. Tuer pour une maison, un domaine ! Certes, Marion n'était pas la première à sacrifier au besoin de possession ? La folie pouvait-elle l'excuser ?

— Mais pourquoi Elise ? répéta-t-elle. Si vous aviez tué Louis, vous auriez hérité.

— Laura ! Louis est mon frère !

— Et... et Charles ?

— Je ne lui voulais aucun mal. Je regrette. Pauvre Charles ! Mais il nous a surprises. Il n'aurait pas dû s'en mêler. Je n'ai pas eu le choix. J'avais emmené Elise se promener et j'avais caché le fusil dans les fourrés. Une voix me disait que c'était bien d'agir ainsi. Il le fallait, comprends-tu, Laura ?

— J'essaye.

— Chère Laura, s'attendrit Marion. Toujours prête à aider. Je savais bien que tu viendrais si je t'appelais.

Laura luttait contre le vertige et craignait de s'évanouir. Parler, elle devait parler.

— Vous me disiez que Charles...

— Oui, oui. Il m'a vue menacer Elise avec le fusil quand elle m'a suivie dans le marais. Et tout s'est passé tellement vite que je ne m'explique pas très bien... Là où tu es, exactement, c'est là où nous nous trouvions, avec Elise, quand il nous a vues.

Instinctivement, Laura fit un léger pas de côté.

— Ne bouge pas !

Le canon du fusil restait pointé sur la jeune femme. Elle s'immobilisa.

— Elise a voulu se débattre. C'est alors que son médaillon a dû se briser. J'aurais dû faire attention. J'ai été obligée de tirer. Mais Charles a voulu m'attaquer. Mon propre frère ! Le coup de fusil est parti tout seul. Et il est mort aussi.

Elle versa quelques larmes et poursuivit :

— Je ne savais pas quoi faire. Puis j'ai eu une idée. Ils étaient amants, comme les deux Trulane d'autrefois, morts au même endroit. Je me suis dit qu'en imitant sur un billet l'écriture d'Elise affirmant qu'elle partait avec Charles tout s'arrangerait.

Elle se mit à marmonner :

— Oui, oui, c'était le meilleur moyen. Alors je les ai tirés vers les sables mouvants.

— Oh, mon Dieu ! balbutia Laura en fermant les yeux.

Mais Marion ne l'entendit même pas et poursuivit :

— J'ai subtilisé quelques vêtements à eux. C'était un dimanche, il n'y avait pas de domestiques à la maison. Mais j'ai failli oublier la boîte de peinture de Charles. Evidemment Louis a eu beaucoup de chagrin. Il a terriblement souffert. Mais tout s'est arrangé. Le domaine était à nouveau à moi. Lui s'occupait de son travail. Oui, mais parfois... parfois il me semble les entendre murmurer ici. La nuit.

Elle est malade, constata une fois de plus Laura terrorisée. Comment se peut-il que personne ne s'en soit aperçu ? Elle évoqua Marion à la dernière vente de charité où elle l'avait aperçue, si élégante, si sereine. Le fusil ne tremblait pas entre ses mains.

— Et voilà qu'un jour Elise est revenue. Elle a prétendu s'appeler Anne et Louis l'a crue. Mais je n'étais pas dupe, ah non ! Elle me regardait avec cet air doux et timide que je lui connaissais si bien. Elle me souriait. Et moi je savais la vérité.

— Alors vous l'avez amenée ici ?

— Oui, mais j'ai pris plus de précautions cette fois. Louis ne la lâchait pas d'une semelle et elle avait une peur maladive des marais. Un soir, elle était dans le bureau de Louis qui travaillait. Je les entendais rire. Mais Louis a dû lui dire d'aller se coucher car il en avait encore pour quelque temps. J'ai attendu qu'elle soit endormie et j'ai appuyé un oreiller sur son visage. Elle était si menue et pas lourde du tout. Je l'ai emportée dans le marais. Elle était seulement inconsciente : J'avais bien fait attention de ne pas l'étouffer complètement.

Marion eut un sourire satisfait.

— C'était bien joué. Quand elle a repris connaissance et qu'elle s'est vue avec moi dans le marais, elle a eu si peur ! Elise savait qu'elle allait mourir de nouveau. Elle a voulu fuir et je l'ai laissée faire, en la suivant de loin. Tout à coup elle a poussé un cri terrible. Un crotale qu'elle n'avait pas vu. Tu comprends, c'était voulu : cela devait arriver. Il ne me restait qu'à attendre l'effet du poison. Et puis une nuit entière passée dehors achèverait la besogne. Elle est morte au même endroit que la première fois. Je suis rentrée tranquillement à la maison. Cette fois-ci, elle ne reviendra pas.

— Non, murmura Laura très bas, elle ne reviendra pas.

Marion secoua la tête, parut chasser les souvenirs et revint à la situation présente.

— J'ai toujours eu de l'affection pour toi, Laura. Il ne te serait rien arrivé, si seulement tu avais voulu m'écouter.

Laura passa la langue sur ses lèvres sèches et fit un effort pour parler d'une voix ferme :

— Marion, si vous me tuez, on vous enfermera et vous ne verrez plus votre maison.

La main de Marion se crispa sur le fusil.

— Non ! Si je suis obligée de tirer, je dirai que c'est Louis... Vous, les journalistes, vous ne pouvez pas vous empêcher de mettre votre nez partout. Qu'avais-tu besoin de te mêler de nos affaires ? Alors en faisant ton métier, ma pauvre Laura, il t'est arrivé un tragique accident.

Elle se baissa et ramassa un panier d'osier glissé derrière un buisson.

— Regarde : celui-là n'est pas mort !

Laura comprit aussitôt et il lui sembla qu'elle se liquéfiait d'épouvante. Avec une longue badine, Marion souleva le couvercle du panier. Un crotale en sortit. Puis un autre, dans un glissement mou.

— J'ai voulu mettre toutes les chances de mon côté, expliqua-t-elle avec un air concentré. Tu as toujours eu une peur panique des reptiles, n'est-ce pas ? Je me rappelle que la moindre couleuvre inoffensive te faisait t'évanouir. Mais ceux-là ne sont pas inoffensifs.

Glacée de terreur, incapable de faire un geste, Laura regrettait presque la mort rapide que lui aurait procurée le fusil. Transformée en statue, elle ne pouvait que regarder — les pupilles dilatées par l'horreur — ces créatures maléfiques lovées sur elles-mêmes, prêtes à donner la mort.

— Ils n'ont pas l'air très nerveux, dit Marion. Mais c'est facile de les agacer.

Elle les toucha du bout de sa baguette et l'un des reptiles se détendit comme un ressort. Marion éclata d'un rire dément.

Ce fut ce rire que Matt entendit. Une peur viscérale le cloua sur place. Quand il arriva devant les deux femmes, les serpents exaspérés par la baguette de Marion allaient se précipiter sur Laura. Matt, revolver au poing, visa soigneusement et tira un premier coup de feu.

— Non ! hurla Marion tandis que le serpent se tordait dans les affres de l'agonie.

Elle trébucha et ne sentit même pas que l'autre

crotale la mordait cruellement à la cheville. Quand Matt tira une deuxième fois, elle fuyait, tel un animal poursuivi.

— Laura !

Matt prit la jeune femme dans ses bras, la serra convulsivement contre sa poitrine.

— Ne pleure pas. Tout va bien. Tu es sauvée. Je vais t'emmener.

— Matthew...

Des sanglots secs la secouaient. Elle n'avait même plus la force de verser des larmes.

— Matthew, c'est une démente. Elle les a tous tués. Tous. Oh ! Mon Dieu, Matthew... Les serpents...

— Je les ai abattus. Ne crains rien. Calme-toi.

— Elle a fait cela pour la maison, Matthew. Elle les a tués pour que le domaine lui revienne à elle seule. Louis...

Matthew tourna la tête. A quelques mètres d'eux, Louis les contemplait, immobile. Il était absolument livide.

— Marion a été mordue par le crotale, dit-il d'une voix blanche. Il faut que je m'occupe d'elle.

Matt ne savait que dire, que faire pour cet homme tellement accablé par le destin.

— Louis, murmura-t-il, je voudrais vous aider...

— Vous ne pouvez rien pour moi. Emmenez Laura.

— Viens, Laura, dit Matt en se penchant vers la jeune femme. Peux-tu marcher ?

— Oui.

Maintenant elle pouvait pleurer et les larmes inondèrent ses joues.

Quand ils furent arrivés sur la pelouse, elle se laissa tomber sur l'herbe et, croisant les bras autour de ses jambes repliées, elle posa la tête sur ses genoux.

— Une minute de répit, Matt et tout ira mieux pour moi. Mais Louis ? Marion ? Il faut appeler la police.

— Louis s'en est chargé avant de quitter la maison. Alors, vas-tu me raconter maintenant ce qui s'est passé ?

Elle garda le silence en attendant que se dissipe son vertige. Quand elle entendit les sirènes des voitures de police, elle prit la main de Matt entre les siennes et la serra très fort.

Tous ces événements, cette succession rapide de drames. La police allait en poser des questions ! Belle histoire pour les journalistes ! se dit-elle avec ironie.

Elle se releva et Matt la soutint pour remonter jusqu'à la maison. Encore un court répit...

Il lui fit prendre un cognac et en avala un également.

— Ça va mieux, déclara-t-elle. Cesse de me regarder comme si j'allais m'évaporer !

Il la saisit dans ses bras, l'étreignit follement et, les lèvres contre sa chevelure, il balbutia :

— Laura, tu mériterais que je t'étrangle. Me faire un coup pareil ! J'ai eu si peur d'arriver trop tard ! Il s'en est fallu de quelques minutes.

— Je ne te causerai plus jamais de pareille frayeur, Matt, je t'aime trop. Oh, comme je t'aime !

Elle le serra contre elle et il sentit dans l'ardeur de son baiser qu'il la délivrait de toutes ses terreurs. Il était là, près d'elle. Rien d'autre ne comptait plus.

— Voici Louis, dit-elle à voix basse.

Il entra d'un pas lent. Ses traits étaient décomposés, sa chevelure et ses vêtements en désordre. Une terrible souffrance se lisait dans son regard. Sans hésiter, Laura se leva et vint à sa rencontre.

— Oh ! Louis...

Il posa sa joue contre la chevelure de la jeune femme et raconta d'une voix morne.

— On l'a trouvée. Ils l'ont emmenée à l'hôpital. Je ne sais pas si... Elle est en plein délire. Laura, est-ce qu'elle t'a fait du mal ?

— Non, non.

Il tourna les yeux vers Matt.

— Je vous dois des excuses.

— N'en parlons pas.

— Maintenant, je crois qu'il faudrait me mettre au courant de tout ce que j'ignore.

Il se tourna vers le guéridon, et feignit de se verser un cognac pour ne pas regarder Laura tandis qu'elle parlait. Mais elle le vit frémir au cours de son récit.

— Je dois la vérité à Susan, dit-il enfin lorsque Laura se tut.

— Elle est chez ma grand-mère.

— Si elle ne refuse pas de me voir, j'irai demain.

— Elle ne refusera pas, affirma Laura très doucement. Vous n'avez aucune responsabilité, Louis.

— Accepterais-tu de faire quelque chose pour moi ? s'enquit-il à voix très basse.

— Bien sûr, Louis.

216

— Eh bien, raconte tout dans ton journal. N'omets aucun détail. Alors seulement je pourrai continuer à vivre avec mes souvenirs. Sinon...

— Nous rédigerons l'article ensemble, Matthew et moi.

Elle se leva et alla lui prendre la main.

— Vous pourrez continuer à vivre, Louis. Je viendrai vous voir. Vous savez quelle affection j'ai toujours eue pour vous !

Avec un pâle sourire, il l'embrassa sur la joue et lui dit en regardant Matt :

— Vous êtes bien assortis, tous les deux. Aussi obstinés l'un que l'autre. Oui, reviens me voir. J'aurai besoin de tes visites.

Quand ils sortirent de la maison, Matt la tenait par le bras.

Laura respira profondément l'odeur de la nuit, l'odeur de la vie.

— Comme il fait doux ce soir.

Elle leva la tête vers Matt.

— Il faut téléphoner à mon père et lui annoncer que nous avons un papier sensationnel. Une exclusivité !

— N'oublie jamais que nous sommes associés et n'essaye pas non plus de me couper l'herbe sous le pied !

— C'est promis. Ramène-moi. Je ne suis pas en état de conduire.

Elle s'installa aux côtés de Matthew, se laissa aller contre le dossier du siège et soupira :

— Oh ! Mon Dieu, Matt, pour rien au monde je ne voudrais revivre une aventure semblable. Même pour gagner un prix de journalisme !

— Ça t'apprendra à disparaître au lieu de me

préparer à dîner ainsi que tu me l'avais promis. Comment veux-tu qu'on fasse confiance à une future épouse en de pareilles circonstances ?

— Ah ! mais toi tu es tombé sur une perle. Une épouse incomparable. Tu verras. Et tu m'as sauvé la vie.

— Que feras-tu pour me remercier ?

— Je ne te préparerai pas ce dîner. Crois-moi, c'est plus sage... Nous irons au restaurant !

Ce livre de la collection Duo vous a plu.
Découvrez les autres séries qui vous enchanteront.

Série Désir

La série haute passion. La rencontre extraordinaire
de deux êtres brûlant d'amour et de sensualité.

Série Pays lointains

Des histoires d'amour palpitantes, des horizons
inconnus, des paysages enchanteurs.

**Chaque roman est proposé avec une fiche-tourisme
détachable en couleurs.**

Série Amour et Mystère

**NOUVEAU
5 février 1986**

Quand l'amour se heurte à d'étranges secrets...
Au cœur du suspense, des intrigues et du danger.
Une nouvelle série à découvrir sans attendre.

Offre de lancement : 15,50 FF au lieu de 17,50 FF.

Série Coup de foudre

Action, sensualité, un cocktail enivrant
pour de surprenantes rencontres.

Série Romance

Rendez-vous avec le rêve et le merveilleux.
La série tendre et émouvante.

**Offre spéciale : 2 romans en 1 volume,
20,50 FF au lieu de 23 FF.**

MAURA SEGER

Vivre l'amour

Un trésor sous la mer

Blonde à l'apparence fragile, aux grands yeux gris-bleu, mais prisonnière d'un travail acharné, Cassia Jones ressemble à une princesse réfugiée dans une forteresse.

Tout aussi préoccupé par ses recherches, Tristan Ward se laisse pourtant subjuguer par la beauté sublime de cette jeune femme apparemment inaccessible.

Que va faire, que va imaginer le savant à la recherche d'une île disparue ? Saura-t-il convaincre Cassia de l'accompagner dans son voyage à l'autre bout de l'histoire ?

Duo — *Série Harmonie*

ELIZABETH LOWELL

Ce long chemin vers toi

La maison de l'amour

– Qu'avez-vous contre les hommes qui voyagent beaucoup ? demande Christopher Remington à Shelley Wilde.

– Rien. Sans eux, je n'aurais pas de travail.

Décoratrice, Shelley passe son temps à créer l'illusion d'un vrai foyer dans des villas de location.

Mais ce n'est jamais d'un cœur léger. Et ses yeux reflètent souvent une nostalgie qui, soudain, s'accentue lorsque Christopher l'invite à décorer son nouvel appartement...

DUO *Série Harmonie*

PAT WALLACE

Un charme fou
Jeux d'ombre et de lumière

Productrice d'un film, en quête d'un paysage de rêve, Anne Reynolds vient de trouver le décor idéal. Pourquoi faut-il qu'aussitôt un homme se dresse sur son chemin ?

Les yeux couleur d'ambre, éblouissant de séduction, Clint Wagner poursuit – hélas ! – un projet diamétralement opposé à celui d'Anne.

Dès lors, la clairière fleurie devient le lieu d'un ardent conflit dont l'issue appartient, peut-être, à la magie autant qu'à la raison.

Duo *Série Harmonie*

Ce mois-ci

Achevé d'imprimer sur les presses de l'Imprimerie Bussière
à Saint-Amand-Montrond (Cher)
le 20 décembre 1985. ISBN : 2-277-83090-9. ISSN : 0763-5915
N° 2407. Dépôt légal : janvier 1986. Imprimé en France

Collections Duo
27, rue Cassette   75006 Paris
diffusion France et étranger : Flammarion